「やっ、声……出る」
甘い悲鳴を我慢できないと啼く神住の口を、
惨いと思いながら掌で塞いだ。
illustration by SEI TAKENAKA

聞神の剣闘士

水見良太
MIZUMI RYOTA

イラスト
早川tnkr
HAYAKAWA tnkr

CONTENTS

※本作品の内容は全てフィクションです。

☆

一瞬の無言の緊迫が空気を凍らせたあとには、ざわざわと潮騒《しおさい》のような低い囁《ささや》きが押し寄せてきた。

「ちょっと……あれ」

「嘘ぉ！　……信じられない」

「どういうことだ？」

「いったい、何があったんだ？」

天宮《あまみや》グループ本社ビルの一階ホールには、まだ出勤途中の社員が数多くひしめいていた。すでに入念な化粧直しを済ませたカウンターの女性二人が、押し殺した悲鳴を上げて目を瞠《みは》る前では、いかにも仕立のよさがわかるかっちりしたスーツ姿の中堅社員数名が、困惑に眉を顰《ひそ》めてひそひそと耳打ちし合っている。

ほぼ間違いなくホールにいる全員の注目を集めた先を、真っ白な男がふわふわと歩いていた。小柄で華奢《きゃしゃ》な体つきをスタイルよく見せるいっそう小さな頭は、まっすぐに目的方向しか見ていなくて、しかも何か考え事でもしているように上の空だった。おかげで、自分に集中している無数の驚愕《きょうがく》のまなざしにもいっこうに気づく様子もない。

肌の色が白い。透きとおる無垢な白さは、日本人の持つ象牙色の艶とはまったく異質なものだった。細《ほ》っそりとした肩先にふんわり揺れる髪は、鮮やかなシルバーグレー。どこか茫洋《ぼうよう》と夢見るような瞳の色も淡いグレーで、一切の色彩が欠落したその容姿は、いっそ近づきがたいほどの清浄《せいじょう》で神秘的な雰囲気を漂わせた。

その整いすぎて人形めいたおもてに、薄紅の花が綻《ほころ》ぶような愛らしい唇が少女みたいな甘さを加えていて、おっとりと落ち着いた物腰のわりに男を年齢不詳にしてしまう。

おぼつかない足取りは、ずらりと並んだエレベーターの一番奥で立ち止まった。

天宮グループ本社ビルのエレベーターには、一般社員は使えない重役専用のものがいくつかある。男はそのうちのひとつに、迷うこともなく乗り込んだ。

階数を指定するまでもなく、それは地下三階の『インフォメーション・コンサルティング・ルーム』に直通している。『インフォメーション・コンサルティング・ルーム』――社員には、略して『ICルーム』と呼ばれている。文字通り、全世界に散らばる天宮グループ全社の情報の中枢《ちゅうすう》だった。

純白の美貌《びぼう》を持つ彼、神住忍《かすみしのぶ》は、この『ICルーム』の室長であり、グループを統括《とうかつ》する会長、天宮義人《あまみやよしと》の懐刀でもある。

地下三階のエレベーターホールと部屋を遮る無機質な廊下の壁は、中の様子がひと目でわかるようにガラス張りになっている。その光景は、オフィスと言うよりもどこか研究室めいていた。

　入り口のドアは、セキュリティのためにこの部屋のスタッフ全員の指紋が登録してあり、照合して開く仕組みだ。神住は、慣れきった手つきでセンサーに触れてドアを開けた。

「へー、『二丁目でまたゲイの少年刺殺される』だってさ。世の中物騒だねえ」

「あら、ちょうど一週間前にも二丁目で殺人事件があったばかりじゃない。ほら、青山《あおやま》さんの送別会だった日……同一犯の犯行かしら？」

　とたんに、にぎやかな話し声が響いてくる。いつものようにパソコンのディスプレーで今日の三面記事を読んでいる噂好きの男女の後ろ姿に、薄桃色の唇がひっそりと苦笑する。

「おはよう」

　声をかけた彼を、現在常勤のスタッフ二名、遠山《とおやま》と野口《のぐち》が慌てたように振り返った。

「おはようございます……あらっ！」

「おはようございます……って、どうしたんですか？　室長、その髪っ！」

　二人とも異口同音に声を上げ、目を丸くして神住を見つめる。

「切っちゃったんですか？　あの腰よりも長かったきれいなシルバーヘア……」

　主任の遠山の言葉どおり、神住の髪は品のいい薄いベージュのスーツの肩の辺りで短く切られた毛先がゆるく弾《はず》んでいた。

　さらさらと涼やかな音を立てそうなストレートヘアだ。しかし、昨日までの豪奢《ごうしゃ》な長髪とはすっかり印象が違ってしまった。

遠山も野口も、呆気に取られた表情が元に戻らない。

凝視されて、神住は戸惑うようにばっさり切った髪の毛の先を細い指で摘《つま》んだ。

「う、ん……おかしいかな？」

神住の声は、もの静かではあるけれど決して低くはなく、幾分少年めいてさえいる。

「おかしくはないですけど……」

室長秘書である野口が、少し恨めしそうな視線を向けた。

「もったいない。室長のトレードマークだったじゃないですか。ここで、時々ブラッシングしてあげるのが楽しみだったのに」

野口自身は、少々クセのある茶色の髪をいつもきちんとひっつめている。化粧も控えめで、服装も黒っぽい地味なスーツがほとんどなのは、実のところ同じ部屋に勤務する神住へ少なからず気後れがあるからだ。

神住の艶やかな銀色の髪は、野口に限らず社内の女性たちの密かな羨望《せんぼう》の的だった。

もっとも、才能にも容色にも恵まれすぎた神住は、それゆえに自分自身の価値について無自覚なことが多い。

「どうしてまた？」

遠山が、動揺で裏返ったままの声で訊《たず》ねた。

「ちょっと、気分を変えようと思って」

答える神住も、遠山たちの思いがけない強い反応に当惑《とうわく》しているようだった。長い睫《まつげ》を伏せた薄灰色の瞳の奥を、微《かす》かな影がよぎる。

「ちょとって……あ、まさか。ひょっとして、とうとう別れたんですか？　例の三十五歳、工務店勤務の……」

何か思い当たることがあったように、遠山が声を上げる。

「遠山さんっ！」

それを、素早く野口が睨《にら》んだ。

若くして数学の才能を認められた神住は、アメリカに留学し、二大工科系のひとつであるマサチューセッツ工科大学に迎えられた。そこで情報工学を学び、まだ十代のうちに首席で卒業すると同時に、大学院に席を置いたまま天宮グループへ情報室顧問として引き抜かれた。

三十七歳になる現在も、『ICルーム』の室長を務めながらMIT教授との二足のわらじを穿《は》いている。

何ひとつ欠点のないような神住だが、アメリカ留学中からゲイであることは清麗な容姿とあいまってさまざまな噂を呼んだ。神住自身、自分の性癖を周囲に隠そうとはしなかったから、時には悪し様な中傷を受けることもあった。

けれど、神住をよく知る人々は、この繊細で傷つきやすい天才を心から愛していたし、こと恋愛には不器用な彼をできる限り悪評から守ろうとしていた。

ただ、これまで神住の恋が上手くいったことはない。

女性がその隣に並ぶことをためらうような美貌の神住は、同時に男にとっても比べられたくはない頭脳と揺るぎない地位を若くして得ていた。多少とも能力のある男は、あまり神住に近づきたがらなかったし、野心しか持たずに近づく男は彼を傷つけるだけだった。

いまも、神住は二歳年下の堅実なタイプの男とひそやかな恋を育んでいたけれど、それもついに破局に終わったらしい。

野口が止める前に、遠山の指摘が図星だったことを肯定するように、淋しそうな表情で俯《うつむ》いた。

「うん……会社の女の子と、結婚決めたって——」

遠山と野口は、顔を見合わせた。

神住に対してとことん過保護な会長の義人は、『ICルーム』のスタッフにも情報処理技術者としての技量だけではなく、その意志を汲める者を慎重に選んでいた。二人とも上司の才能に心酔していたし、それ以上に実際には年上の神住をたっぷり甘やかしていた。

神住は、恋人のことはともかく自分自身のプライベートに関しては無防備なほどオープンだったから、このひと月あまり男の浮気でもめて、それを悩んでいたことも知っている。

「で、でも……別れて正解ですって、二股かけるような男」

野口はそう言って、立ち尽くしている神住を部屋の中央にある自分の椅子を引いてかけさせてやる。

「そうですよ。キャリアから言ったって、室長とはつりあってなかったし……あの……短い髪も、可愛いですよ」

遠山は、神住の傷を抉《えぐ》ってしまった失言をフォローしようと、ぎこちなく微笑みかけた。

神住の恋が今度も成就《じょうじゅ》しないだろうということは、遠山たちにも、もめる前からなんとなくわかっていた。

神住から話を聞く限り、相手は神住の背負うもののすべてを受け止めるにはあまりにも凡庸《ぼんよう》すぎた。

小さな会社に真面目に勤め、波風のない平穏な家庭を求めるような男には、神住がどれだけ彼との穏やかな生活を望んだとしても、ふさわしい恋人とは言えなかっただろう。

男が自分がゲイであることを会社やまわりにひた隠しにして、そのために神住と付き合いながら一方で勤め先の女子社員とも交際していたことに、野口はひどく腹を立てていた。

だから、三年という神住にしては長く続いた関係だったにしても、男と別れたことがすっかり見慣れていた長い髪を切ってしまうほどのショックだったというのが、野口たちにはかえって意外な気がした。

ゴージャスな銀色の髪を切った神住は、顔色の冴えないことも手伝ってか、いつになく頼りなく見える。

そんな様子は、野口たちの庇護欲をことさら掻《か》き立てた。

「ほんと、もともと室長って若く見えるけど……」

ヘアスタイルのせいだけでなく、いくらか痩せてひとまわり華奢になった神住を、野口がじっと見つめる。

ふいに、彼女は弾けるように笑いだした。

「いやっ！　まんま高校生みたい。すっごく可愛い。お肌だってすべすべだし……なんだか嫉《しっ》妬《と》を感じるわ」

わざと剣呑《けんのん》なまなざしで、神住を睨む。

「高校生？」

お肌の曲がり角をとっくに過ぎた野口に不穏な目つきを向けられて、神住はさらに困ったように呟《つぶや》いた。

「気をつけてくださいよ、室長。近頃、物騒だから……ほら、これ」

遠山が、机の上のディスプレーを指さした。

野口が、神住の背後からそれを見てうなずく。

「そうそう。二丁目で、またゲイの男の子が刺し殺されたんですって。この間の事件から、まだ一週間しか経たないのに……」

「一人目の被害者が十八歳で、今度は十六歳なんですよ……遊びに行ってて、間違って刺されないでくださいよ」

遠山は、真剣な顔つきで神住に忠告した。

「まさか、いくらなんでも高校生には見えないだろ」

白いおもてが、無邪気に笑う。その顔は、とても三十七歳の天宮グループきってのエリートには見えない。

「見えます！」

「見えますって！」

遠山と野口が、同時に力説した。

☆

梅雨らしく朝からぐずついていた天気は、午後に小雨をぱらつかせただけで夕方になっても大きく崩れることはなかった。

けれども重い湿気のせいか、華やかに灯ったネオンの光さえ夜の闇にぼんやり滲《にじ》んで見えるようだ。

天宮の本社からもさほど遠くない新宿二丁目の通りを、小柄な神住が慣れた足どりで歩いていく。ゆったりしたシルエットの淡いベージュのスーツ姿は、どんよりと暗い景色の中に鮮やかに浮かび上がるようで、ひと際人目を惹いていたけれど、神住は気にする様子もない。

そのいくらか速い歩みが、編んだ竹篭《たけかご》に艶っぽい薄紅の和紙を張って『羽衣《はごろも》』と書かれた明かりを表に出している店の前で止まった。

店も白壁の蔵のような和風の造りで、ドアは漆黒の板の引き戸だ。

通い慣れた店らしく、神住はためらいもなくドアを開けて中へ入っていく。

「いらっしゃ……きゃぁーっ、どうしたのその頭っ!?」

カウンターの向こうでにっこりと微笑みかけた和服姿の美人が、神住をひと目見て派手な悲鳴を店中に響かせた。

「恥ずかしいから、騒ぐなよ」

思いがけない大声に、入り口に立ち止まった神住が薄く頬《ほお》を染めた。

まだ飲むには早い時間で、カウンターだけの狭い店には、幸い奥の席に一組のカップルしかいなかった。二人ともスーツ姿で、神住同様に仕事帰りの会社員らしい。

何ごとかと目を瞠《みは》る客をはばかりながら、神住は着物美人の前の席にひっそりと腰を下ろした。

決して華美《かび》すぎないしっとりとした利休鼠《りきゅうねずみ》の加賀友禅《かがゆうぜん》を纏《まと》ったママは、一見婀娜《あだ》めいた美女だけれど、もちろん中身は男だ。

端整なおもてが、正面に座った神住を見つめて本気でわずかに涙ぐんでいる。

「だってぇ、わたしのお気に入りのシルバーロングが……」

「軽くなったよ」

神住は、清々したように頭を振ってみせた。

短くなった髪が、さらさらと肩先で軽く弾《はず》む。それはほの紅い照明の光に、明るい銀色に煌《きら》めいた。

泣きべそをかいていたママが、カウンター越しに神住のほうへそっと顔を寄せる。

「あんた、友永《ともなが》と別れたわね」

声をひそめて囁《ささや》いた。神住を見つめるまなざしが、ふいに鋭さをおびる。

「うん」

淡々とした表情が、ママへとうなずいた。

艶やかに真紅のルージュを引いた唇が、大きく溜息を吐く。

「やっぱりね。別れて当然よ。あんたに、あんな小心者は似合わないわ」

遠慮のない口調で、友永と呼んだ神住の元恋人を批判する。

「悠《はるか》」

神住が、低い声でそれを咎《とが》めた。

強気な瞳が、じろりと神住を睨《にら》み返す。

「何よ、未練がある、なんて言うんじゃないでしょうね。会社でカミングアウトしてないのはともかく、この店でまであんたに会うのにこそこそして。人目を気にして、ロクにデートもしないで、たまに会って安っぽいホテルでセックスするだけ……あげくに、カムフラージュだったはずの会社の女の子と三角関係ですって。あんたのこと、バカにしてんのよ。そんな男、振っちゃってよかったのよ」

興奮して捲《まく》したてる悠に、淋しげな仕種が首を横に振った。

「振られたのは、俺のほうだよ」

「なんですってっ！」

ドスの利いた剣呑《けんのん》な声を張り上げてから、悠は慌ててカウンターの奥の客におほほ……と愛想笑いを向けた。

うって変わって険しい目つきで、神住を覗《のぞ》き込む。

「どうして、あんたのほうから振ってやらないの？　どうせ、大人しいのと体の相性だけが取り柄の男じゃない……なんであんたが、あんなにきれいだった髪まであいつのために切らなきゃならないのよっ！」

押し殺した声音が、神住を責めた。

「彼女に、子供ができたんだ」

神住は、やるせない目をして悠を見た。

短くはないゲイとしての経験で、ノンケの男に恋をして苦い想いをすることはほとんどなくなった。けれど、友永が会社の同僚の女性と付き合い始めたのは、最初はお節介な取引先からの見合い話を断るための口実だった。

その時、友永はすでに神住と二年余りも交際していて、女のことを神住には黙っていた。神住が女の存在に気づいたのは、友永のアパートで偶然彼女と鉢合わせてしまったせいだった。

友永は、女と付き合っているのは会社へのカムフラージュのためで、本当に愛しているのは神住だけだと掻《か》き口説いた。その言葉が嘘だったとは思わない。

ただ、友永はいつしか女と過ごす時間に、神住からは得られない安らぎを感じるようになっていった。彼女に子供ができたことが、その関係を決定的なものにした。

神住がどれだけ友永を愛したとしても、彼に周囲の誰からも祝福される家庭を与えることはできない。それは、かつて嫌というほど思い知らされてきた事実だった。

「馬鹿ね。そんな男、信じて……」

やさしい囁きが、痛みを抱えた神住の胸に落ちてくる。

悠はいつも、立場も考え方も違いすぎる神住と友永の関係を危《あや》ぶんでいた。真正面から友永をなじったのも、悠だけだった。

「ごめん、悠」

差し出されたロックのグラスを受け取って、ぽつりと掠《かす》れた呟《つぶや》きがこぼれた。

「わたしに謝らないでっ……もう、口惜しいのはあんたでしょう」

友永が女を選んだことは裏切りでも、神住には恨むことはできない。友永との不安定な関係に甘んじていたのは、神住も同じことだった。神住の態度次第では、友永を取り戻すことはできたかもしれない。でも離れていく心は、止められなかった。

口惜しいよりも、素直に淋しかった。やりきれないように、グラスの酒を一息に飲み干した。

「忍……幼馴染みのわたしの前でぐらい、泣いてもいいのよ」

悠が、新しいグラスに氷を落としブランデーを注いでくれる。

同じ故郷を持つ悠は、神住が初めて自分の性癖が異常であることを理解したほんの子供の頃からの一番の理解者だった。悠がアメリカ留学を勧めてくれなければ、神住はきっとあの閉鎖的な田舎町で窒息していただろう。

アメリカという雑多な人種の交じり合う大国は、ほとんど色素を持たない特異な神住の容姿もおおらかに受け入れてくれた。そして、神住のセクシャリティに共感してくれる恋人も得られた。ただし、そのどれも長続きはしなかったけれど。

考え方や好みが合わずに別れたこともあるし、いっしょに生活できずにやむなく引き裂かれたこともある。残酷な死別もあった。

恋をしている時の神住は一途で、それだけに失ったダメージも大きかった。国際電話で一晩中悠に泣きごとを聞いてもらったのも、一度や二度じゃない。

「友永とは、三年だっけ？　よく続いたわよね。まったく、頭も性格もよくて、こんなに可愛いのに、どうしてあんたって、こう男運がないのかしらね」

首を傾げた悠に不思議そうにぼやかれて、神住はほんのりと頬を赤くした。

「俺、もう三十七だよ。可愛いなんて年じゃ……」

「あら、可愛いわよ。髪切っちゃったら、もっと可愛くなっちゃって……化け物」

神住の抗議を遮って、悠が笑って悪態をつく。

「ひどいな」

苦笑して、神住は空になったグラスをカウンターに置いた。

悠は、繊細な眉を心配そうに顰《ひそ》めた。

「ピッチ早いわよ。あんた、見かけによらず酒癖悪いんだから……水割りにしようか？」

「ロックで」

躊躇《ちゅうちょ》なく答える神住に、そっと嘆息《たんそく》する。

「気持ちはわかるんだけどね。最近、この辺り、物騒なのよぉ……」

おどけて脅《おど》すような目つきが神住を見た。

グラスの縁から、透きとおるグレーの瞳が悠を見つめ返した。

「例の殺人事件？」

「ええ」

悠は、今度は真面目な表情でうなずいた。

「狙われたのは子供だろう？」

「ええ。一人は近くのお店に勤めてた子で、昨日殺された子は、地方から遊びにきてたらしいわ。お金目当てとも思えないしね」

「確かに、金目当てならわざわざ子供は狙わないだろうな。若い男に興味があるか、それともゲイに恨みがあるか……」

同性愛者が迫害を受けるのは、どこの国でも珍しいことじゃない。その悲哀《ひあい》は、神住も身を持って知っていた。

「二人目が殺されたんじゃ、警察もうるさいだろう？」

「目つきの鋭い連中が、走りまわってるらしいわよ……だから、これ飲んだら、早めに帰りなさいね。今度、休みにでも差し入れ持ってったげるから」

いかにも保護者然とした悠の言葉に、神住は悪戯《いたずら》っぽい笑みを浮かべる。

「俺は子供じゃないけど」

「あんた、十分十代に見えるわよ」

遠山たちと同じ答えが、悠の口からも返ってきた。

☆

悠に早々に『羽衣』を追い出された時、いつになく早いペースで飲んでいた神住は、すでにかなり酔っていた。

アルコール類は嫌いなほうじゃなかったし、一人暮らしが長いせいで外へ飲みに出ることがすっかり身に付いてしまっていた。逆に、神住は自分のマンションではいっさい飲まない。

悠には早く帰るように忠告されたが、大人しく家に帰る気にはなれなかった。何より、一人になるのが、いまは嫌だった。

通りをふらふら歩いていた神住は、表にまで流れてくるにぎやかな音楽に引き寄せられるように一軒の店に入っていった。

初めてではなかったが、普段はあまり足を踏み入れない種類の店だ。煙草の煙と大音響の音楽に張り合うような話し声や高らかな笑い声が、暗い空間に渦巻いている。けれど、気を紛《まぎ》らわせるには悪くはなさそうだった。

店内は、ストリート系というのかカジュアルな格好をした若い男の客が多い。その中では、いかにも上質なスーツ姿の神住はかなり浮いて見えた。

フロアから数人の男たちが、あからさまにその細《ほ》っそりした肢体《したい》を物色するような不躾《ぶしつけ》な視線を向けてきたが、神住は気にする様子もなくカウンターでジントニックを注文した。

酔いのせいで舌が麻痺しかけているのか、味はあまり感じなかった。ただ喉越《のどご》しの冷たさが気持ちよくて、グラスを傾ける。

背後から人が近づいてくる気配に、神住は軽く目を上げた。

「一人？」

騒々しい音とは無縁のような、落ち着いた声だった。

潤《うる》んだような危うい瞳で、神住は男を見上げた。

安っぽい吊るしのものには見えないけれど硬いスーツ姿は、神住と同様にこの店にはあまりそぐわない。

店の雰囲気を好んで出入りしているタイプには見えなかった。若い子が好みで、ここで探しているのかもしれない。

「ここ、座ってもいいかな？」

男は控えめな仕種で、神住の隣の席を指差した。

「どうぞ」

神住は、小さくうなずいた。

ちょうど人恋しかったし、さっきから神住の様子をちらちら窺《うかが》っている見るからにずっと年下の男たちよりは話しやすそうに思えた。

長身が、狭いスツールに少し窮屈そうに納まる。

男は神住が飲んでいるグラスを見ると、同じジントニックをバーテンに頼んだ。

「この店、よく来るの？」

神住のほうへ、体ごと向いて訊《き》く。

スマートな印象を受けたけれど、そうしてみると意外に肩幅が広い。よく鍛《きた》えられたがっしりとした体つきなのに気づいた。

「あんまり……。あなたは？」

訊き返すと、案の定、男は薄く苦笑を浮かべた。

「俺も、時々、かな。あまり騒々しいのは得意じゃなくてね」

「俺もです」

神住は、いくらか緊張を解いてにこりと微笑んだ。

男は、眩《まぶ》しいみたいに目を細める。

「日本語、上手だね」

その口調は、やはり神住をかなり若いと勘違《かんちが》いしているようだった。

男のほうは、二十代後半ぐらいだろう。切れ長な双眸《そうぼう》がやけに鋭いけれど、鼻筋のすっきりと通った整った顔立ちだった。

「父は日本人です」

神住が答えると、驚いたように目を丸くする。

「へぇー。ハーフには見えないな」

男はいきなり、華奢《きゃしゃ》な肩先で揺れる銀髪を指にすくった。

「あ……ごめん」

触れた時と同様、すぐに手を離す。

「きれいな色だったから……その」

男はきまり悪そうに、無作法な行為のいいわけをした。

どうも、神住の髪は他人に触れてみたいという衝動を起こさせるらしい。長かった時から、突然見ず知らずの相手に触られることも度々あった。だから、目の前の男に特に警戒するということもなかった。

「いいですよ」

それどころか酔っているせいで、神住はいつもより無防備にクスクス笑った。

笑顔に引かれるように、スーツに包まれた広い胸がわずかに神住との距離を詰める。

「今日は、誰かと待ち合わせ?」

幾分親密に耳元で囁《ささや》かれた。

神住は、笑みを含んだままの目を男に向けた。

「別に……」

何かを探るようなまなざしが、無邪気なおもてを覗《のぞ》く。

「大学生かな？」

「いいえ」

神住は、首を横に振った。

「ひょっとして高校生？」

後ろめたそうに声を潜めて質問されて、堪《こら》えきれずに笑いだす。

「大学に籍はありますけど……」

悪戯《いたずら》っ気を起こしてわざと曖昧な言い方をしたのも、飲みすぎたせいだろう。神住はＭＩＴの教授だ。籍があるのは嘘じゃない。

「あんまり真面目な学生じゃないんだ」

男は、すっかり神住を大学生だと信じたようだった。

神住も、男の誤解を解く気はなくしていた。

「……そうかもしれませんね」

淡く微笑み返す。

「俺は、二十八歳。オヤジだろう？」

そう訊きながら男が自分を卑下するつもりもないことが、神住にもわかった。けっこう自信家のようだ。外見がいいから、それなりにモテるんだろう。

「そんなふうには見えませんけど」

神住は、正直に返事をした。

カウンターに空いたグラスを置いた男の腕が、さりげなく神住の背中にまわされる。強い視線が、間近に見下ろしていた。

「もう少し静かな店があるんだ。よかったら、いっしょに行かないか?」

男は、神住が断るとは思っていないようだった。

強引な誘い方だけれど、決して相手を不快にさせるような押しつけがましさはない。色彩のない瞳が、迷うように微《かす》かに揺らいだ。

「俺……」

神住が口を開きかけたとたん、眉を顰《ひそ》めた男が急に胸のポケットを押さえた。

「しまった。会社から呼び出しかな……すまない」

神住へ小さく頭を下げて、男はポケットから携帯を取り出しながら、店の奥の廊下へと姿を消した。

搦《から》めとられそうな目つきから解放されて、ホーッと長い溜息が洩《も》れた。

スピーカーの音が割れそうな派手な音楽と、背後のテーブルのグループの馬鹿笑いに頭がぐらぐらした。かなり酔ってしまったらしいと自覚して、椅子を立ち上がったとたん、足元が崩れかけた。

「危ないっ!」

差しのべられた腕が、細身の神住の体を軽々と受け止めた。

「大丈夫か？　あの……日本語、わかるかな？」

戸惑う声が、神住を支えた肩の辺りで聞こえる。

ゆるやかに頭をめぐらせた先に、若い男の顔があった。

さっきまで話していた男よりもさらにひとまわり大柄な体躯《たいく》の上から、心配そうな表情が神住の様子を窺《うかが》っている。

神住は、こくりとうなずいた。

「わかります……あの、ありがとう」

すっぽりと包み込まれた広い胸から神住が身を離そうとすると、男はすぐに手を引いた。

「あっ……」

自力で立つことができずにまたふらついた体を、再び強靱《きょうじん》な力が抱き止める。

「かなり、酔ってる？」

耳元に、男が訊いた。

「ごめんなさい」

謝って離れようとするけれど、神住はどうしても両足で体を支えることができない。

「ちょっと、外に出ようか？」

真摯《しんし》な目が、神住を見つめて言った。

確かに、店内の音と煙草の煙はよけい気分が悪くなりそうだ。それに、この男が最初に話しかけてきた時の様子は、何か神住に聞きたいことでもあるみたいだった。生真面目そうな男の態度からは下心があるふうにも見えない。

大人しくうなずき、神住は支払いを済ませて、心もとない体を男の腕に支えられたまま店の外へ出た。

☆

少し歩いて人ごみを離れると、男は通りから入り込んだビルのステップに神住が楽なように座らせてくれた。

「顔色が青いな。そこに自販機があるから、水でも買ってこようか?」

親切に言われて、神住は潤《うる》んだ瞳を上げた。

「あの……」

男の目的がわからない。

不思議そうな神住のおもてに、男がひっそりと苦笑した。

「俺は、こういうものだよ」

少しくたびれた安物のスーツのポケットから黒い手帳を出して、神住に見えるように開いてみせる。

　その身分証がどういうものかは、神住にもひと目でわかった。

「新宿署、刑事課の新堂克也《しんどうかつや》だ。君は？」

　丁寧に名乗って、神住の名前を訊く。

　刑事なら、いかにも慣れない様子の男が店に出入りしていたのも納得がいった。きっと、連続殺人事件を調べているんだろう。

「神住忍です」

　神住が答えると、新堂は驚いたように目を瞠《みは》った。

「え？　日本人？」

「ハーフです。母が、北欧のほうの出身なので」

「なんだ。じゃあ、日本語が上手いはずだ」

　新堂は、安心したように人懐っこい笑みを浮かべた。笑うと、強面の刑事らしくもない子供みたいな表情になる。
　二十二、三歳か。多分、神住よりひとまわり近くも年下だろう。
「少し、訊《き》いてもいいかな。さっき、君が店でいっしょにいた男のことだけど……どんなヤツだった？」

「さっきの？」

意外な質問に、神住は小さく首を傾げた。

「昨日の事件と、関係あるんですか？」

紳士的な態度とは裏腹に、どこか暗いものを感じさせる男だった。けれど、さすがに殺人事件とまでは結びつかなかった。

「いや、そういうわけじゃないんだが……少し気になってね。見失ってしまったし」

「あ……」

新堂が男を見失ったわけは、すぐに察しがついた。

「俺のせい……ですか？」

神住が店で倒れかけたりしなければ、新堂は男を追っていったはずだ。

「別に容疑者ってわけでもないし、君のせいでもないよ」

新堂はきっぱりとした口調で否定して、明るく微笑んだ。

それでも神住とすれば、仕事を邪魔してしまった上によけいな心配までかけて申しわけない。

「話したといっても短い間だったし、初めて会った男です。年は、二十八歳だと言っていました。名前は聞いていません。背丈は、あなたより少し小さいぐらいかな。話し方は温厚でしたけど、目つきが鋭くて……」

思い出せる限りを、新堂に話した。

「どんな話をした？」

「学生かと訊かれました。それから、ほかの店に行こうと誘われて……」

「断ったのかい？」

「いえ……ちょうど相手の携帯が鳴りだして、席をはずしたから」

正直に答えてから、神住はわずかに赤くなった。電話が鳴らなかったら、あのまま得体の知れない男についていったかもしれない。それほど、今夜の神住は人恋しかった。長かった髪を切ったせいか、背中の辺りがひどく寒い。

無意識に身を震わせた。

「寒い？」

苦しそうな仕種を見咎《とが》めた新堂が、また気遣うように覗《のぞ》き込んできた。

素早く上着を脱いで、神住の肩へかけてくれる。

「汗臭いかもしれないけど……」

遠慮がちな声音に、神住は首を振った。

上着から、新堂のぬくもりが伝わってくる。他人の匂いや体温を間近で感じたのは、友永と別れてからずいぶん久しぶりのような気がする。

「やっぱり、顔色がよくないな……どうして君みたいな子が、あんな店にいたんだい？　この街は、危険なところだよ」

まっすぐな視線に見つめられて戸惑った。

「俺は……ゲイだから」

低い声で答えた。

新堂は、神住から目をそらさなかった。

「でも、未成年が酒を飲んで酔っぱらうなんて感心しないな」

あくまで真面目な新堂の顔に、神住はクスリと笑みをこぼした。

「未成年じゃありません。こう見えても、俺は三十七歳なんです」

「えっ？」

一瞬、大柄な体躯《たいく》が硬直するのがわかった。

「三十七……」

呟《つぶや》きながら、華奢《きゃしゃ》な体の爪先からシルバーグレーの頭まで、確かめるように見上げては見下ろした。

「嘘、だろう？」

呻《うめ》き声のような言葉が、新堂の唇を洩《も》れる。

「嘘じゃ、ありません」

まだ納得しかねている新堂の前で、神住はステップから立ち上がろうとした。

けれど、足に力が入らなかった。尻餅《しりもち》をつきそうになった神住を、呆れたように逞《たくま》しい腕が受け止めた。

「動くのは無理だ」

「タクシーを拾います」

いまの神住には、新堂の腕の中の温かさがつらかった。やさしくされると、よけいなことまで思い出しそうになる。

（この男は、違うのに……）

新堂が神住を心配するのは、仕事がら前後不覚の酔っぱらいを放置できないからだ。それに、神住の年齢をまだいくらか疑っているらしい。

酔いはいっこうに醒《さ》めないどころか、新堂に抱きしめられると体の奥がカーッと熱くなる。誰でもいいからぬくもりが欲しくて、歯止めが利かなくなりそうだった。

離れないといけないのに、もどかしいほど手足が思いどおりに動いてくれない。

「わかったから……」

新堂は、頑《かたく》なな神住の肢体を仕方なさそうに肩へと揺すり上げ、背中に腕をまわした。

神住は激しい目眩《めまい》がして、とっさにきちんとプレスされたシャツにしがみついていた。

「悪い……手荒だったか？」

慌てて謝られても、しばらくはまともに息ができなかった。

様子を見ていた新堂が、困ったように眉根《まゆね》を寄せる。

「神住、さん……家はどこ？」

「六本木……シティタワー……」

神住は荒い吐息で、昨年完成したばかりの再開発地域にある高級マンションの名前を告げた。

新堂はまた驚きに息を詰めたが、神住が身につけたいかにも上等そうなスーツや時計を見ると、もう疑わずに少し離れた路上に停まったタクシーの光へと歩きだした。

☆

地上六十階のメインタワーを中心にして整然と整備された街の光が、タクシーの窓越しに見えてくる。

小雨がぱらついていた。窓ガラスに、光が滲《にじ》んで煌《きら》めき落ちていく。

ホテルやショッピングモール、劇場など、文化的、商業的な都市機能が快適に集約された街並みは、一方で歌舞伎町や二丁目といった猥雑《わいざつ》な夜の街を抱える大都会東京のもうひとつの顔だった。

新堂の腕の中でうとうととまどろんでいる男は、欲望の渦巻く二丁目からこの整然とした街へ帰っていくという。

もともと、『G－BOX』という若いゲイたちが集まる店で神住を見かけたときから、不思議な違和感を感じていた。ただ美貌《びぼう》というだけなら、夜の新宿にも凄まじい美女も妖《あや》しげな美男もいくらでもいる。けれど、神住の真っ白な麗姿《れいし》は、新堂の目には彼らとまったく異なるものに見えた。

彼のいるまわりだけが、澱《よど》んだ空気が清浄《せいじょう》なものに変わるような、透明で神秘的なイメージがつきまとう。

だから、最初は神住のことを少年だと思った。汚れを知らない純粋さが、彼をそんなふうに見せているんだろうと。

しかし、どうやらそうではないらしいと、新堂もようやく気づき始めていた。

神住の身に纏《まと》ったものは、良家の子息というより成熟した大人の上質さを感じさせるものばかりだった。そしてこの一角に住んでいるのは、名の知られた大企業に勤めるか、とびきりの優良企業を自ら経営している一握りのエリートだけだ。

子供のような顔をして眠る神住も、選ばれたその一人なのだとわかった。

一所轄《しょかつ》の刑事にすぎない新堂とは、生きている世界が違う。それなのに……。

『俺は……ゲイだから』

埃だらけのビルのステップにうずくまって、掠《かす》れそうな声で呟《つぶや》いた神住の横顔が忘れられない。輝かしい世界に生きながら、神住の抱えた痛みを見せつけられた気がした。

どんな職業かはわからないが、それなりの社会的な地位も収入もあるはずだ。まだ殺人犯の横行している危険な街で泥酔するほど飲んでいたのも、何かわけがありそうに思えた。

やがてシンボリックにそびえるシックなレンガ色のツインタワーの前で、タクシーが停まった。

「こちらでよろしいですか？」

振り返った運転手が訊《き》く。

「神住さん」

新堂は、腕の中の薄い肩をそっと揺すった。

「着きましたよ。シティタワーです」

声をかけられて、神住が色素のない長い睫《まつげ》を震わせる。

「う、ん……」

小さくうなずいて、つらそうに目を擦《こす》った。

半分寝ぼけたような顔のまま、上着から財布を出す。料金を訊いて紙幣で支払ったが、おつりを受け取らずにまた新堂の肩で眠り込みそうになる。

運転手と顔を見合わせて苦笑した新堂が、代わりに受け取った小銭を神住のポケットに押し込んだ。

小さな体を抱きかかえるように車を降りると、雨足が強くなってきた。慌てて、神住を横抱きにしてエントランスへ駆け込んだ。

制服姿のドアマンが、にこやかに近づいてくる。

「お帰りなさいませ。神住先生」

丁寧に挨拶されて、神住は新堂に抱えられたままむにゃむにゃと生返事をした。

「酔ったので、送ってきたんですが……」

そう言った新堂にも、ドアマンは微笑みながら頭を下げた。

「お疲れさまです。お部屋は二十五階です」

親切にエレベーターまで案内されると、そこで神住を放り出すわけにもいかなくなった。新堂は、とりあえず部屋まで面倒を見る覚悟を決めた。

高速のエレベーターは、二十五階に音もなく停まった。

神住を抱いてドアを出ると、部屋の前に小さな門があって鍵がかかっていた。

「神住さん。鍵は?」

だるそうに神住がポケットからカードを出してかざすと、門の脇にあるインターフォンの光が赤からグリーンに変わる。

押してみると、門が開いた。

同じ要領で奥のドアも神住に開けさせて、なんとか部屋に入った。

外からの仰々しい見た目よりも、部屋の内部は思ったよりシンプルな造りで、新堂を少しホッとさせた。

「神住さん、大丈夫ですか?」

訊きながら、軽い体を玄関に下ろした。

神住はやはり立つことができないのか、そのままずるずると床に座り込んでしまう。

「気持ち悪い……」

俯《うつむ》いて、苦しそうに呟いた。

「うっ……」

突然吐き気がこみ上げてきたように、喘《あえ》いで口元を押さえる。

「神住さんっ」

新堂はうろたえて、丸くなっている背中を腕に引き寄せた。

先に神住の足からやわらかな革のストレートチップの靴を脱がせ、自分も埃まみれの靴を脱いで中に上がる。

「洗面所、どこですか？」

片手で口を塞《ふさ》いでいる神住が指で指し示す方向へ、抱え上げて運んだ。

なんとか間に合って、蛇口を捻《ひね》ったとたん神住が吐いた。

スーツの上から、頼りなくわななく背中を撫《な》でてやる。いくらか落ち着いてから口をゆすがせ、リビングへ連れていった。

部屋の中央に、座り心地のよさそうな純白の丸いソファーがあった。新堂は、そこに神住の体を横たえてやり、袖や襟元の濡れてしまった上着を脱がせた。

神住は、小刻みに手足を震わせていた。その顔色も、さっきまでよりいっそう青白く感じる。

「寒い？」

問いかけると、こくりとうなずいて両腕を新堂の首へ伸ばしてくる。

思いがけない強さですがりつかれて、新堂は当惑《とうわく》した。

「神住、さん？」

「……て」

耳元で絶え入りそうな声が聞こえた。

「え？」

「抱い、て……」

訊き返した新堂に、少しはっきりした声音が求めてくる。

それでも、震えている神住が寒がっているのだろうと思った。神住が二丁目で遊ぶゲイだと頭ではわかっていても、この清らかな美貌を持つ男が同性と抱き合うのだということが、新堂には理解できなかった。まして女の肌しか知らない自分が求められているとは、思ってもみない。

両腕で包むように抱きしめて、薄いシャツの下の背中へ静かに掌を這《は》わせた。

新堂よりずっと四肢も細く体の厚みもない神住は、ひどく弱々しく見えた。相手は普通なら迷惑なだけのはずの酔っぱらいの男なのに、冷たく突き放すよりも、その肩を抱いて温めてやりたいと思った。

ちらっと今夜出席するはずだった捜査会議のことが脳裏を掠めたけれど、新堂にはしがみつく華奢《きゃしゃ》な腕を振り解くことができなかった。

抱きしめ続けていると、神住の呼吸が少し穏やかになってくる。小さく身動《みじろ》ぐ仕種に、腕の中を見下ろした。

「大丈夫?」

白いおもてを覗き込んでから、潤んで煌《きら》めく瞳にドキリとする。

「……し、て」

甘くねだられても、新堂はすぐにはその意味を理解できなかった。

気づいてから、カーッと顔面が紅潮した。初めて、神住が自分に欲情していることを知って、ショックを受けるより先に下腹が反応した。

「か、神住さ……」

囁《ささや》きが、みっともなく上擦《うわず》ったけれど、新堂には取り繕《つくろ》う余裕もなかった。

セックスなんて知りもしないように見えた神住に誘われたことも衝撃だったけれども、自分の体がそれに強烈な欲望を感じてしまったことが信じられない。

汚してはならないものにうっかり触れてしまったような後ろめたさを感じて、なのにかえって肌は熱を孕《はら》んだ。

その熱を引き寄せるように、神住が新堂の広い背中へと腕を絡ませる。

「だめ、だ……」

拒むつもりだった。新堂は、同性を抱く方法を知らない。これまで一度だって、抱きたいと思ったこともない。

なぜ神住のたおやかな腕が力ずくで解けないのか、混乱した。力だけなら、新堂のほうが圧倒的に強い。ただ夢中で爪を立ててくる細い指先には、新堂の抵抗を許さないほどの真摯《しんし》な切望が宿っていた。

もつれ合い触れ合うほど、布地越しに感じる神住の肌のなめらかさや灯り始めた熱さに昂《たかぶ》ってしまう。

「お願、いっ……新堂さ……」

せつない響きが、新堂を呼んだ。

息を殺して、新堂は抗《あらが》う動きを止めた。

☆

激しく抱擁する逞《たくま》しい体の下で、神住はうっとりと溜息を吐いた。

直に触れた皮ふは、火傷しそうに熱く感じる。

まともに指も動かせない神住のネクタイを解き、シャツを脱がせて下着ごとズボンを剝《は》ぎ取ったのは、新堂だった。

いったん踏みだしてしまえば、潔い男はもう欲望を隠そうとはしなかった。

新堂は、自分の服も白いカーペットの上へ投げ出して、ゆったりとしたソファーに横たわる神住と待ちきれないように肌を合わせた。

神住の肌は、透きとおるような表面は冷《ひ》んやりとしていても、内側に高い熱を秘めていた。

それが、男の欲情を煽《あお》る。そそられるように、新堂は柔肌を幾分荒々しく啄《ついば》んだ。

「あぁ、っ……ぁ、っ」

敏感な胸を甘噛みされて、神住は艶やかな悲鳴を上げた。

女のような豊かな乳房のない胸には、代わりにささやかなルビー色の突起があった。ミルク色の中央に飾られたその鮮烈な紅は、思いがけず淫《みだ》らに視界を刺激して、新堂は無意識にきつく舌を絡ませていた。

乳房がなくても、十分に興奮した。

甘ったるい神住の声が、さらに新堂に火を点けた。

抱きしめてみれば、セックスを知らないどころか、おそらく新堂がいままで経験してきた誰よりも成熟した肉体だった。

ぎこちなく指を這《は》わせただけで、しなやかに撓《しな》って蕩《とろ》けた蜜を滴らせる。それなのに、初めて見たときの清冽な印象も決して失わせない、神住のおもてが不思議だった。

見つめていると、濡れた薄灰の瞳が微《かす》かに揺らいだ。

「なに……？」

新堂は、そっと首を振った。

「気持ちいい？」

薄い胸に愛撫を加えながら訊《き》くと、神住は頬《ほお》を染めて素直にうなずいた。

「キス……して、いい？」

吐息を乱して、神住がためらいがちに囁《ささや》く。

新堂は、微笑んで唇を寄せた。

やわらかな感触がしっとりと新堂を受け止め、もどかしく吸いつき、次第に掻《か》き乱すように翻弄《ほんろう》する。

（この人、上手い……）

神住がそれなりの場数を踏んでいるとわかっても、やはり意外な思いは否定できなかった。

けれど、それに失望したわけでもない。惹き込まれるように、新堂はいつの間にか巧みに動きまわる舌をとらえて強引に貪《むさぼ》っていた。

新堂の肩を握りしめていた神住の指から、力が抜けていく。

「んっ……ふっ、ぅ」

咽《むせ》び泣くような声音が、心地よく耳朶《じだ》をくすぐった。

「神住さん……」

涙の雫が、こめかみをすべり落ちていく。

唇で拭いながら、新堂の手が華奢《きゃしゃ》な内腿《うちもも》を開かせた。

「あ……っ」

少しうろたえたように神住が息を詰め、繊細な睫《まつげ》に不安そうな瞳を隠す。

そこにあるのは、確かに新堂と同じ男の性器で、でもまったく違うもののようにも見える。

執拗《しつよう》なまなざしで凝視したが、新堂の欲望は萎《な》えなかった。むしろ、よけいに硬くなっていくようだ。

「見ちゃ、いや、だ——」

神住が、うなじまで真っ赤にして訴えた。

大胆に開かされた狭間で、触れてもらえない神住のものは苦しそうにヒクヒクと脈打って露を滲《にじ》ませている。いやらしい反応を、新堂に見られることに怯《おび》えているようだった。

「いいから……神住さん」

なだめるように撫《な》でた膝《ひざ》に、もっとよく見えるように力をかけた。そこに唇を触れるのにも、おかしいほどためらいはなかった。

「ぁ……はぁっ！」

新堂の口腔に包み込まれて、神住は驚いたように背中を仰《の》け反らして身悶えた。ひと際高く啼《な》いて、ソファーの端をつかむ。

「あん……ぁ、あっ……いいっ」

舌を使って刺激されると、あられもない嬌声《きょうせい》を上げた。

神住の痴態《ちたい》は、新堂自身も高揚させた。

堪《こら》え性がないのは、行為そのものが神住にとって久しぶりだったかららしい。不慣れな新堂の口技にも、呆気なく絶頂まで追い上げられる。

「だめっ……だめ、だ……新堂さんっ、離して」

恐ろしく可愛い声で哀願して、神住は新堂の頭を押しのけるようにして、自分で握りしめた掌の中で達した。

痛々しく啜《すす》り泣いている神住の頬へ、新堂はなだめるみたいに無数のキスを降らせた。

「神住さん……神住さん……」

泣き声も泣き顔も、ひどくいとおしく思えた。そして狂おしい熱が、新堂の下肢で疼《うず》いていた。

伸ばされた手が、神住の太腿にぴったりと押しつけられたそれに触れて、確かめるように握りしめて動かす。

「くっ……」

新堂の喉《のど》の奥で、噛みしめた息が鳴った。

しどけなく半身を起こした神住が、新堂の股間に清潔な顔を埋める。いっそ不似合いなほどの大胆さで深々と咥《くわ》え込まれると、ほかに比べようもない初めて知る強烈な快感がわき上がった。

舌で裏側を濃密に舐《な》め上げ、喉の奥まで抽送《ちゅうそう》する。口腔全体で締めつけられて、危《あや》うい呻《うめ》き声を上げていた。キスよりも巧みだったかもしれない。少なくとも、新堂はこんな快楽を誰からも与えられたことはなかった。

「神住さ……もうっ！」

新堂が弾《はじ》ける寸前に、神住は奔放な動きを止めた。

身を引いて、誘うように大きな背中を抱き寄せる。細《ほ》っそりした指が新堂の掌を取り、恥じらいながら開いた狭間へと導く。

そこは、さっき神住が放ったもので濡れていた。

「ここ……」

ひそやかな囁きが、焦燥《しょうそう》を抑えきれずにねだる。

新堂は、それが何かを察してうなずいた。

人差し指で、熱い襞《ひだ》をそっとまさぐる。

「ぁ……はぁ、ん」

神住が咽び声を洩《も》らして、はしたなく腰を浮かせた。どれだけ欲しがっていたか新堂にもわかって、つい小さく忍び笑った。

「いやっ……ぁ」

羞恥と欲望で身動きもできずに、神住がせつなく涙を流す。

「ごめん……神住さん、泣かないで」

あやすように口づけして、しなやかな腰を抱えた。ゆっくりと指をすべり込ませ、奥のほうを掻きまわす。

「ぁ、ん……ぁ……ぁ」

声を殺せずに、神住は甘やかに身を捩《よじ》った。

「痛く、ない？」

「ない……もっと、奥まで触って」

恥ずかしさより欲情のほうが勝ったらしく、素直に求め始める。

新堂は、指を増やして付け根まで抉《えぐ》るように沈めた。

「ひっ……ぁ――っ」

白いソファーに受け止められた神住の背中がビクビクと震える。

蕩《とろ》けそうな内部の感触は、新堂の覚えのある女のものよりもずっと狭くて、繊細に蠢《うごめ》いた。

そこを貫いて荒々しく突き上げたい本能を、もう我慢できない。

「挿れてっ……」

熱を孕《はら》んで潤んだ声が、新堂の最後の理性を押し流した。抱え寄せた細腰を、手荒に引きつけてしまった。

「あうっ！　あ——っ！」

けれども、神住の薄紅の唇が放ったのは艶めいた歓喜の声だった。

新堂はもう抑制も利かずに、最奥まで楔《くさび》を埋め込んで、掻き寄せたたおやかな肢体を激しく揺さぶった。

締めつける強さに、どれほども抗《あらが》えずに極みまでさらわれていく。白く滲んだ視界に、さらに鮮やかな純白の肢体が躍《おど》った。

「ぁ……あぁ、っ」

か細い啼き声が、新堂の鼓膜を甘く刺激する。

息が止まるほど固く抱きしめて、新堂は蕩けて絡みつく襞の奥へとたぎった欲望を解き放った。

☆

静かに体を引くと、繋がり合っていた下肢へ大量にあふれてきた熱い潤みがこぼれた。

「神住さん……大丈夫？」

声もなく泣いている男を気遣うように、新堂はそっとそのおもてを窺《うかが》った。

思いがけず、我を失って快楽にのめり込んでしまった。常に女性を扱うときよりもずっと乱暴にした自覚があるから、新堂は神住の体を案じていた。

神住のほうがどれだけ慣れていたとしても、新堂は男を抱いたのは初めてだ。ひどく狭く健気に新堂を締めつけてきたその部分への配慮を知らずに、傷つけてしまったのではないかと心配だった。

「あの……あそこ、痛い？」

どう言っていいかわからずに、あからさまな訊《き》き方をした。

神住は涙ぐんでいる瞳を瞠《みは》って、耳たぶまで赤くなった。

小さく頭を振って、恥ずかしそうに睫《まつげ》を伏せてしまう。透ける睫の先端から、透明な雫がぱたぱたとソファーに落ちた。

「ごめん、なさい……」

新堂と目を合わせないまま、叫びすぎて掠《かす》れきった声で謝る。

そういえば、新堂に組み敷かれて歓喜に喘《あえ》いでいる間も神住は何度かそう口にしたけれど、新堂には謝られる心当たりがなかった。

不思議そうに見つめる彼に、神住は困ったようにさらに視線を泳がせる。

「嫌なこと、させてしまって……」

「嫌なこと？」

訊き返してから、新堂はようやくその意味に思い当たった。

「神住さんと、セックスしたこと？」

はっきり口に出して訊くと、薄い肩がビクンと震えた。

怯《おび》えているような仕種が痛々しい。けれど新堂には、神住を怯えさせるようなつもりは欠片《かけら》もなかった。

確かに同性を抱いてしまったことは、それまでの新堂のモラルからは考えられないことだった。なぜこれほどたやすく神住を抱きしめてしまったのか、自分自身にいまも戸惑っている。

しかし、行為そのものは決して不快なものではなかった。それどころか、いままでの女との経験では感じたことがないほど昂《たかぶ》っていたことを否定できない。嫌だとは、これっぽっちも思っていない。

刑事という激務のせいで、いまは付き合っている恋人もいなかったから、そういう意味で後ろめたさを感じる必要もなかった。

俯《うつむ》いている神住の頬《ほお》へ、掌でやさしく触れた。澄んだ涙を拭って、弾《はじ》かれたように見上げた双眸《そうぼう》へ微笑みかける。

「俺は、嫌じゃありません。あの……すごくよかった」

迷いながらも、正直に打ち明けた。

「神住さんは、俺としたの、嫌、でしたか?」

後悔しているのは、むしろ神住ではないかと思った。ゆうべ、神住はひどく酔っていた。まともな精神状態じゃなかったことは、普段の神住を知らない新堂にも十分わかっていた。

いまだって、泣いている神住は脆《もろ》く危うく見える。細《ほ》っそりとした全身に人恋しさを滲《にじ》ませているようだ。

これが女性相手なら、酔った隙《すき》につけ込んでしまったのはもちろん新堂のほうだろう。

なめらかな肌も甘い声音も、新堂を受け入れた熱い芯《しん》も、神住の肢体はどんな女も敵《かな》わないほど魅惑的だった。

新堂はホモセクシャルではないけれど、それでも神住のセックスに溺れた。

神住はゲイで、しかも一介の刑事にすぎない新堂には手の届かない世界で生きている人間だ。捜査中の二丁目であんなふうに出会わなければ、きっと互いに言葉を交わすことすらなかっただろう。

彼にふさわしい恋人だっているのかもしれない。

答えを見守る新堂に、神住は大きく首を振った。

それは、新堂を少なからずホッとさせた。

「俺、夢中だったから乱暴にしてしまって……本当に、どこも痛くありませんか?」

意外なことを訊かれたように、神住は新堂を見つめ返した。もう一度、ゆっくりと左右に頭を動かす。

「俺も……よかったから」

薄く頬を染めて言われて、新堂は屈託なく笑った。

テーブルの上にはずしていた腕時計を見ると、すでに明け方近かった。時間も忘れてしまうほど、どれだけ激しく神住と求め合ったのか、新堂は改めて思い知らされた。

「俺、もう捜査本部に戻らないと……」

結局、会議もすっぽかしてしまった。所轄《しょかつ》の先輩刑事の藤村《ふじむら》に、戻ったら大目玉を食らうだろう。

犯人の捜査がどうなっているかも気になった。神住みたいな危なっかしい人間があの街にいると知ったらなおさら、凶悪な犯人を野放しにはできない。一日も早く逮捕して、安心させたかった。

「迷惑をかけて……ごめんなさい」

神住は、また申しわけなさそうに頭を下げた。

「神住さん。もういいから……あなたがそんなふうだと、俺は心配で署に戻れませんよ」

部屋の中は快適に空調が効いていたけれど、細い神住の肩はいかにも寒々として見える。脱ぎ落としていたシャツを拾い上げて、丁寧に包み込んでやる。

起き上がった新堂は、手早く自分の服を身につけた。

最後に上着を羽織る前に、神住の背中と膝《ひざ》に腕をまわして横抱きに抱え上げる。

「寝室は、どっちです？」

うろたえる神住の視線の先で見つけたドアの向こう側へと運んだ。

ゆったりとしたダブルベッドの置かれた寝室には、ヘッドボードの上にほのかな間接照明が灯っていた。

整った部屋だったけれど、整いすぎてあまり生活感がない。神住はこの部屋で恋人と抱き合うことがあるんだろうかと、たわいのない疑問が新堂の頭の隅を掠《かす》めた。

生成り色のベッドカバーを剝《は》いで、真っ白なシーツに神住を横たえた。新堂を見上げる頼りない目つきに、明るく笑いかけてやる。

「ここにいますから……目を閉じて――」

ベッドの端に無造作に腰を下ろして、神住の瞼《まぶた》を掌で覆った。

神住は大人しく瞳を閉じた。

「おやすみなさい。神住さん」

新堂の声が、穏やかに神住の耳に届いた。

掌を離し、しばらく神住の顔を見下ろしていた気配が、そっとベッドから立ち上がる。

神住は目を開かなかった。

密かな足音が、やがて寝室を出ていった。

☆

三日間降り続いた雨は、朝になってようやく晴れ間を覗《のぞ》かせていた。けれど、せっかくの陽光も地下三階のオフィスには届かない。

代わりに自然の光に限りなく近い人工の照明と、温度も湿度も完璧に調整された清浄《せいじょう》な空気が、快適に部屋の中を満たしている。

そこにいる人間はともかく、整然と並べられたコンピューターや周辺機器には必要な環境だった。

神住もすっかり、日の光の届かない職場に慣れている。

けれどもこの数日は、完璧に管理された部屋をひどく味気なく感じていた。

神住がこの部屋を、当時天宮の本社社長だった義人から与えられたのは、二十歳になって間もなくのことだ。正確には、彼の二十歳の誕生日の翌日だった。

天宮グループの持てる技術の粋《いき》を結集したこの部屋は、神住一人のために用意されたものだ。

天宮の要請を受けて、籍を置いたまま大学を離れ日本へ帰国することを決めた神住を、義人は最高の待遇で迎え入れてくれた。

以来、職場も住居も収入も人材も、神住はなんの苦もなく望んだ以上のものを手に入れてきた。自分が恵まれていることを、神住はちゃんと理解していたし、決してそれを驕《おご》ることはなかった。

天宮という巨大な複合企業には、常にフレキシブルに多種多様な情報を引き出せる神住の才能が必要だったし、神住の情報分析能力は期待どおりに世界のトップランクを維持してきた。

もっとも、現在はグループを統括《とうかつ》する会長職にある義人が神住を溺愛するのが、彼の職能のためだけでないことは、傍目にも明らかだった。

神住には、いかにも天才らしい精神的な繊細さと危《あや》うさがあった。ゲイであることが、そのアンバランスさをより顕著《けんちょ》なものにした。

義人は、神住という掌中《しょうちゅう》の珠を全力で甘やかすことを楽しんでいた。

神住は、その恋さえも天宮という組織に管理されていたのかもしれない。

ただ、神住は自分の選んだ生き方を後悔してはいなかったし、いまの生活を不満に思ったこともなかった。

それなのに、この数日間のもどかしいような衝動に、神住はすっかり混乱してしまっていた。

友永との最後の数カ月は、神住にとって甘い蜜月が終わるのを見届ける残酷な時間でしかなかった。

しかし、それが仕事にまで支障をきたすことはなかったし、かえって仕事に集中している間はつらいことを忘れていられた。

身も心も熱に浮かされるような恋をしたのは、まだ学生だった頃までだ。あんな恋は、もう二度とできないと思っていた。

気がつけば、肌の上を埋め尽くすようにたどっていった熱い唇の感触を思い出している。

それだって、がむしゃらなだけで不器用な愛撫だった。もっと手慣れて蕩《とろ》けるような手管《てくだ》を、数えきれないほど経験してきたはずだ。

なのにあれほど恋しかった友永の指の温度さえ、神住はすでに忘れかけていた。

三日経っても、餓えて乾いた芯《しん》を満たしてくれた男の熱がまだ体に残っている。その事実が、神住をいたたまれなくさせていた。

「……長……室長」

呼ばれていることに気づいて、ビクリとおもてを上げた。

「あ……」

デスクに座った神住を見下ろしている遠山が、滲《にじ》むような笑みを浮かべた。

「どうしたんです。目を開けたまま、寝てたんですか？」

からかわれて、神住はせつないまなざしで笑った。

「すまない。ぼんやりしていたらしい」

「具合が悪いなら、少し休まれたほうがいいですよ。夜、あんまり眠れないんじゃありませんか？」

遠山は、神住が友永と別れた痛手を心配しているようだった。

実際、新堂と一夜を共にするまでは、神住の心を占めていたのは友永のことばかりだった。いや、友永自身というよりも友永を失ったことと言ったほうが正確かもしれない。神住の情熱もまた、友永からはすっかり離れていた。

でもそれに気づいたのは、きっと新堂に抱かれたせいだろう。

新堂が神住を抱いたのは、泣いてぬくもりを求めた彼への哀れみか同情だ。新堂は、ゲイではない。

可愛い女の子の恋人だっているかもしれない。

わかってるのに、どうしてもあの拙《つたな》いくせに惹き込まれるようなキスが頭から離れない。

「もう、大丈夫だから」

答えた神住の口調はどう聞いても頼りなくて、遠山はまるで信用していない顔つきだった。

「月末の統計データが揃いました」

報告しながら、気遣わしそうな瞳で神住を見つめる。

「じゃあ、こっちのチェックが終わったものから各部署に流してくれ」

神住は必ず細かいデータにまで自分で目を通していた。

長い付き合いの遠山も、偏屈な上司のやり方には慣れているし、何よりその辺のコンピューターより神住の頭のほうがずっと優秀なのを知っている。

「はい」

うなずいて、自分のマシンのデータを待機させる。

神住が、解析用のソフトウェアを走らせていると、コーヒーカップを手にした遠山が再び戻ってきた。

「一息いれませんか？」

そう言って、神住のデスクの端にカップを載せた。

データの分析には、まだ少し時間がかかりそうだった。

「ああ、すまない」

神住は、真っ白な両手に包み込むようにカップを取り上げた。熱いコーヒーをひと口飲んで、小さな溜息をこぼす。

「何かあったんですか？」

遠山は、神住のおもてを正面から覗《のぞ》き込んで訊《き》いた。

「恋人の浮気騒ぎで、しばらくふさぎ込んでいたのは知っていますが……でも、この数日の室長の様子は、とてもそれだけとは思えません。別れた相手と、何か問題でも？」

親身になって問いかける遠山に、神住は戸惑うように視線を泳がせた。

「言いたくないなら無理には訊きませんが、誰かに話すと楽になるかもしれませんよ。もちろん、俺じゃなくてもかまいませんが」

穏やかに微笑んで、神住を見守る。

この部屋のスタッフは、二人とも神住には過保護だった。

ただの上司として以上に彼らに大切にされていることがわかっているから、神住もその心配りを素っ気なく無視はできない。

「彼の、ことじゃないんだ」

神住は、低く呟《つぶや》くように打ち明けた。

遠山が、軽く息を飲んだ。

「じゃあ、別の男《ひと》?」

「うん」

うなずいた頬《ほお》が、淡く上気していた。

遠山は、神住が新しい恋をしているらしいと気づいた。

家族とさえ縁の薄い孤独な境遇のせいか、神住が淋しがり屋でいつも側に誰かいないとダメな性質なのは知っている。それにしても、友永とはっきり別れてからどれほどの時間も経っていないはずだった。あまり神住らしくもなくて、だからよけい困惑しているのだろうと手に取るようにわかる。

「それでずっと上の空だったんですね」

思わず押し殺した声で笑ってしまった。

私生活にはそれなりに波乱があっても、神住は仕事に関しては完璧な上司だった。それが、失恋してばっさり髪を切ってしまった辺りから、どうも様子がおかしい。神住自身に、何か心境の変化が起きているのかもしれない。

その変化は、遠山には好ましいものに思えた。

巷《ちまた》では、この『ICルーム』のことを『地下神殿』と吹聴《ふいちょう》している者もいる。神住が神官で、天宮グループの将来を占い、会長に託宣《たくせん》を告げているのだと。

半分は、会長に寵愛されている神住への妬《ねた》みと中傷だが、膨大なデータと神住の卓越した考察力に裏付けられているとはいえ、ここで働いている遠山にも実際にそう見えないこともない。

けれど、外見や能力がどうあれ、神住は生身の人間だ。神秘的な存在に祀《まつ》り上げられ、壊れ物のように扱われるのは迷惑だろう。

神住には、天宮という鳥かごを破壊してくれる人間が必要なのかもしれない。

「その人が、好きなんですか？」

神住はいっそう赤くなって、否定するように首を振った。

「普通の男なんだ。しかも俺は、彼にひどい迷惑をかけてしまって……だから、きっと嫌われてる」

「その人が、そう言ったんですか？」

神住は俯《うつむ》いたまま、頭を横に動かした。

神住がこれほど思いつめている男だ。相手が一方的に神住を嫌っているとは、遠山にも思えない。

「じゃあ、確かめてみればいいじゃありませんか。諦めるのは、答えを聞いてからでも遅くありませんよ。仕事も手につかないほど、好きなんでしょう?」

「でも……」

「怖いんですか?」

ためらう神住に問いかけた。

淋しそうなまなざしが、今度はそらさずに遠山を見つめ返す。

「振られたばかりだから」

「俺には、室長を振る男のほうが信じられませんよ。いくらゲイだと外聞が悪いといっても、人を好きになる気持ちは止められるものじゃないでしょう」

遠山のわずかに怒りさえこもった真摯《しんし》な言葉に、神住は儚《はかな》げな笑みを返した。

「俺は、目立ちすぎるんだ。こんな外見だし、仕事も……」

神住の美貌《びぼう》や才能に、気後れしない男は滅多にいないだろう。傍らに立てるのは、よほど自分に自信があるか、捨て身になれるほど神住を愛しているかのどちらかだ。

遠山は、溜めていた息を長く吐き出した。

「誰もが見蕩《みと》れるような美人で、天才的な頭脳の持ち主。仕事もできて、社会的名声も収入もあって……他人から見ればどんなにかうらやましい境遇のはずなのに、それが恋愛の障害になるなんて、室長に会うまでは思ってもみなかったな」

幾分茶化した口調に、神住も微《かす》かに笑った。

「そんなにいいものじゃないよ」

「俺が独身だったら、室長に恋しますよ」

真面目にそう言った。

可愛らしい仕種が、細い首を傾げた。

「一美《かずみ》さんに恨まれる」

親しみを込めて、神住は遠山の愛妻の名前を口に出す。

「あいつだって、室長がノーマルなら放っておかないって、いつも言ってます」

神住を幸せにしたいと思っている人間はいくらでもいるのに、どうして世の中はそう上手くいかないんだろうと、遠山はそっと背中を丸めコーヒーを啜《すす》った。

☆

『G－BOX』へ足を向けたのは、昼間、遠山に励まされたおかげだった。

新堂と出会った店だ。

けれど神住も、さすがに今夜もまた新堂に会えるとまで期待してはいなかった。それでも、少しでも近くに行きたい、ひと目でも姿を見られればという衝動に抗《あらが》えなかった。

ゆったりとした店内は、相変わらず騒々しい音楽を鳴り響かせている。少し離れたテーブルが、渦巻いた紫煙に霞んで見えた。

カウンターで、この間と同じバーテンに一杯だけのつもりでジントニックを注文した。酔っぱらうのは、もうしばらくは懲《こ》り懲《ご》りだった。

神住の瞳は、自然に暗いフロアを彷徨《さまよ》っていた。

客の入りは、この間よりも多いぐらいだった。ほとんどが十代と二十代前半だろう。久々の梅雨の晴れ間のせいか、いつもより華やかな色の服が多いような気がする。

今夜の神住は、細いブルーの糸が織り込まれた明るいグレーのスーツだった。相変わらず純白の印象が強い姿は、薄暗い空間では人目を惹く。

視線を周囲に泳がせていたせいで、相手を探しているようにでも見えたんだろうか。すぐに、若い男が近づいてきた。

「一人?」

カウンターに肘《ひじ》をついて、馴《な》れ馴《な》れしく神住の鼻先で訊《き》く。
十七、八歳だろう。黒っぽいトレーナーにゆったりとしたパンツ。茶髪に染めて、左耳に無骨なシルバーのピアスをしていた。

　少年の目も、上等そうな神住のスーツを値踏みするように見ている。

「連れを待ってるんだ」

　神住は、素っ気なく答えた。

「友達？　彼？」

「彼……」

　ためらいもない神住の返事に、少年は軽く肩を竦《すく》めた。

「そっか」

　呟《つぶや》いて、あっさりと店の奥へ立ち去る。

　けれど神住がグラスに口をつける前に、入れ替わりみたいに派手な二人連れが歩いてくるのが見えた。

　二人とも長身で体格もいい。顔立ちもはっきりしていて、どこかのモデルのようにも思えた。服装も、さっきの少年よりはずっとこざっぱりしたタイトなジャケットとパンツ姿だ。片方は短く立たせた髪に、金色のメッシュを入れていた。

　もう一人は、小生意気に顎《あご》に不ぞろいな髭《ひげ》を生やしている。

　年齢は同じぐらいだろう。まだ二十歳にはならないはずだ。

　ふと神住は、新堂が追っている殺人事件の被害者が二人ともこの年頃なのを思い出した。

そして、遠山や悠たちに言わせると、神住もそのくらいの年に見えてしまうらしい。神住は、きっと短く切った髪のせいだろうと思っている。

顎髭のほうが、神住の傍らのカウンターに凭《もた》れた。

「この店、初めて？」

にっこり微笑みながら、狡猾《こうかつ》そうな瞳の奥で、店にはそぐわない神住の上品な格好をじろじろ観察する。

「いや……滅多にこないけど」

神住は、正直に言った。

顎髭が、並んだ相棒と顔を見合わせる。

「どうりで見かけない顔だと思った」

人懐こい笑顔を向けてくるが、目が笑っていないことに気づいて、神住は警戒した。いくら若くても、危険な人間はいくらでもいる。夜の新宿辺りはなおさらだ。

神住の緊張が伝わったのか、顎髭はへへへ……と、ごまかすように笑った。

「俺たち、ここの常連なんだ」

のっぽの金色メッシュが、気さくに話しかける。こっちは、顎髭ほどの目つきの鋭さはない。どちらかといえば、気がよさそうだ。

「あのさ、いまバイト探してるんだけど」

囁《ささや》きながら、神住の肩先で揺れる細い髪に手を伸ばす。

指先で摘《つま》むように触られて、神住はとっさに体を引いた。

「あ……ごめん。きれいな色だから、なんで染めてるのかと思って」

メッシュ頭が、無邪気な顔で謝った。

「これは、地毛なんだ」

淡々とした神住の声に、顎髭のほうが目を丸くしてヒューッと口笛を鳴らした。

「なに？　あんたハーフかなんか？」

こくりとうなずくと、顎髭はさらに熱心に身を乗り出した。

「あんたぐらいルックスがよかったら、絶対いいギャラがもらえるぜ。なあ、いっしょに働いてみないか？」

神住は、きっぱり首を横に振った。

「悪いけど、いまの仕事で十分だから、バイトする気はないんだ」

二人の少年は、また目を見交わした。

俯いた視線の先で神住の華奢《きゃしゃ》な腰をちらりと見て、顎髭が溜息を吐く。

「そうか。残念……」

上着のポケットをがさがさやっていたメッシュ頭が、よれよれになった名刺を無造作に神住へと差し出した。

「気が変わったらさ、ここに連絡して」

名刺には、

『ブルーローズ・プロダクション　代表取締役　能代洋《のしろひろし》』

と書かれていた。

もちろん、少年自身の物ではなさそうだ。

なんだかホモビデオでも作っていそうな名前だなと、神住は掌に押しつけられたそれを見下ろした。

少年たちが去って、そのあとも何人かの男が神住に声をかけてきた。けれども、ジントニックのグラスを空けてしまっても、新堂の姿は見えなかった。

神住は、少しがっかりして席を立った。

明日も仕事がある。また寝不足の顔で、遠山や野口を心配させたくはない。今夜は早めに引き上げたほうがよさそうだった。

出がけに、店のトイレに寄った。

奥の廊下は、店内よりいっそう暗い。ドアから出てきて、裏のほうへ向かう男の後ろ姿が視界に入った。

仕事向けの地味なスーツ姿に、一瞬新堂かと目を凝らしたけれど、新堂よりもやや細身だった。

トイレの中は、思っていたよりも清潔で広い。ほかに人の気配もなく、神住は用を済ませて出ようとして、初めて個室のドアに不自然に引っかかっている布切れに気づいた。

ドアからはみ出しているのは、白っぽいジャケットの裾のようだった。

すぐに個室の中の艶っぽい光景を想像して、出口に向かう足を速めかけた。途中で歩みを止めたのは、強い芳香剤の香りと入り混じった異臭を感じたからだ。

それが何か、ローティーンの頃からアメリカで育ち、自身も何度か危険な目に遭ったこともある神住は知っていた。

引き返して、個室のドアの前で立ち止まった。

ポケットから白いハンカチを出して、ドアのノブをゆっくりと引いた。

鍵はかかっていなかった。

洋式の便座の上に突っ伏すように、一人の少年が倒れていた。

酔っぱらっているのでないことは、ひと目でわかった。便器から少年の足元にかけては血塗《ちまみ》れだった。

ドアを開けたとたんに、それまで曖昧だった血臭が強く鼻腔を衝《つ》いた。

白いジャケットとレザーのパンツに見覚えがある。

覗《のぞ》き込んで確かめた顔は、ついさっき神住に怪しげな名刺を渡した金色メッシュの頭の少年だった。

少年の肌には、まだぬくもりが残っている。念のため首筋に手を当ててみたけれど、脈拍はなかった。これが、例の事件の続きらしいということは容易に察しがつく。

神住は、個室を出てドアを閉ざし、ポケットから携帯を取り出した。

☆

「神住さんっ!」

店の奥にあるテーブル席の端に座らされた神住を目敏《めざと》く見つけて、表のドアから入ってきた新堂がすごい勢いで走ってくる。

「無事、ですか? なんともない?」

形相を変えた新堂に気遣われて、神住は戸惑うようにうなずいた。

まさか、こんな形で再会できるとは思ってもみなかった。それなのに、新堂の顔を見ると不謹慎だと思いながら胸がときめいた。

神住は、新堂のことをほとんど知らない。新堂克也という名前。新宿署の刑事であること。そして、泣いている相手を放っておけない彼のやさしさ。ぎこちない口づけと、神住の肌を埋め尽くした愛撫の熱。

新堂の屹立《きつりつ》に貫かれ激しく揺さぶられて、神住はもうずっと感じたこともなかったほど満たされて、我を忘れて咽《むせ》び泣いた。

たったそれだけだ。神住にとっても、恋をするにはひどく不確かなもののように思えた。まして、新堂はノンケだ。一夜の過ちを悔いている可能性のほうが大きい。

二度と顔も見たくなかったかもしれない。心配してまっすぐに駆け寄ってきた彼の姿が、まだ信じられない。

「新堂、殺されたのは別人で、こっちは第一発見者。おまえの知り合いなんだって？」

それまでテーブルに神住と向かい合って事情聴取していた年配の刑事が、新堂に幾分呆《あき》れた目を向けた。

「藤村さんっ」

周囲の様子に気づいて多少の落ち着きを取り戻した新堂は、馬鹿正直に頬を紅潮させた。

「この間、地取り捜査のときに話を聞いて、それで……」

さすがに言いにくそうに、その先は言葉を濁す。

藤村と呼ばれた刑事は、純情な後輩をからかうようにニヤついた。

「ああ、おまえが捜査会議をすっぽかした日だな」

「俺はっ」

「わかった。わかった……」

とっさに言いわけもできない真面目な新堂に、藤村は笑いながらうなずいた。

「この人を家まで送っていったんだろう。その《心配で放っておけない》人から、よく話を聞いてくれ。ひょっとしたら、犯人を見てるかもしれないんだ。俺は、鑑識《かんしき》の様子を見てくるから」

慌ただしく警官たちが出入りする現場のトイレのほうを指さしながら、藤村は新堂へそう指示して椅子から立ち上がる。

「はい」

新堂は、大きくうなずいた。

少し猫背の藤村の背中が、廊下の奥へと消える。

翳《かげ》りのない瞳が、どこか眩《まぶ》しそうに神住を見つめた。

「無線で神住さんの名前を聞いて、驚きました。犯人を……見たんですか？」

問いかける新堂の口調は、熱心な刑事のものだった。こんな場所であの夜のことを話すわけにもいかず、神住は新堂の問いに首を縦に振った。

「犯人かどうかはわかりませんが、トイレから出てくる人の後ろ姿を見ました。廊下が暗かったので、はっきりとは見えませんでしたが……」

「ほかに、まわりに人はいませんでしたか？」

神住は、思い出すようにわずかに目を伏せた。

「ええ。いなかったと思います」

「出てきたのは、男性ですか？」

　その質問には、神住はいくらかためらった。

「あの……この店には、女性の客は入れないんです。それに、体格も男性のものだったと思います」

「あっ……」

　新堂は、自分の失言に気づいて明らかにうろたえた。

「すみません。よく知らなくて……」

「いいえ」

　恐縮して頭を下げる新堂に、神住は淡く微笑んだ。日常とは無縁の二丁目という特殊な世界に、新堂が細やかな配慮をしていることはわかる。偏見にとらわれず、素直に受け止めようとしてくれる態度には好感が持てた。

　目が合うと、新堂も屈託なく笑みを返してくる。

「今夜は、酔ってないんですね」

　ふいに事件とはまったく関係のなさそうなことを訊《き》かれて、神住は答えに困ってまなざしを泳がせた。

「あなたが無事でよかった」

　新堂の言葉は、よけい神住を混乱させた。

神住が目撃したのは、本当に連続殺人犯だったのかもしれない。一歩間違えば、神住もまた殺されていた危険もあった。刑事の新堂が、それを心配するのは当然だろう。

なのに、じっと覗《のぞ》き込まれてそう言われると、新堂が神住を特別に気にかけてくれているように誤解しそうになる。

「どんな男でしたか？　身長は？」

ここは殺人現場で、いまはその検証中だ。新堂の態度は当たり前だった。

けれど、新堂はあっさりと話を事件に戻してしまう。

神住は、苦しい溜息を殺した。

「背は高いほうだと思います。新堂さんほどじゃないけれど、体格もがっちりしていて……髪は黒。短髪で、茶色っぽいスーツを着ていました……」

「男の様子に変わったところはありませんでしたか？　怪我をしていたとか、服に血が付いていたとか」

しばらく考えてから、神住はそれを否定した。

「別に、そんなふうには見えませんでした。ただ……」

言いかけて、口を閉ざした。

「ただ、なんですか？」

新堂は、神住におもてを近づけて促した。

「もし、あれが犯人だったとしたら、逆に落ち着きすぎているような気がします。人を一人殺した直後にしては、ずいぶん冷静な態度だと……」

「冷静、か」

呟《つぶや》いて、新堂が形のいい眉を顰《ひそ》めた。

その横顔が思いがけず鋭くて、神住はドキリとした。やさしそうな笑みに隠れていてわからなかった。

新堂の真顔は、はるか昔に神住が愛した男に少しだけ似ていた。

息を殺して目をそらした神住の視界に、レインコート姿の男が飛び込んできた。

外は、再び雨が降り始めていたらしい。

「あ、ちょうど背格好はあの人ぐらいだと思います」

神住は、新堂へとレインコートの男の背中を指さした。

その気配を察したように、入り口の男がこっちを向いた。

「あれ……」

男の顔を見て、神住が思わず小さな声を上げる。

「この間の……」

それは、三日前に神住がこの店で新堂に出会う直前、話しかけてきた男だった。

☆

「弓木《ゆぎ》警部補……」

まっすぐ神住たちのほうへ近づいてくる男を、新堂がそう呼んだ。

弓木は神住の前に立ち止まって、親しげな笑みを浮かべた。

「第一発見者というのは、君だったのか」

三日前と同じように、穏やかなのにどこか絡みつくような視線が神住をとらえた。

「え？　……あ」

二人の様子を見比べて、新堂が察しよく息を飲む。

「……じゃあ、この間、神住さんと話していた男って、弓木さんだったんですか？」

神住と新堂のその後の事情を知らない弓木は、不思議そうに首を傾げた。

「この間、って？」

「三日前に、この店で」

新堂に言われて、やっとわかったように弓木が苦笑した。

「なに？　俺が疑われていたのか？」

おかしそうな掠《かす》れた笑い声が、弓木の喉《のど》から洩《も》れた。

「いや……その……」

新堂が、困ったように口ごもる。

「あのとき、俺は職務質問されてたんですか?」

ソファーから腰も上げずに弓木を見た神住の声は、幾分冷淡だった。

刑事らしい抜け目のない瞳を細めて、弓木は神住を見つめ返した。

「すまない。刑事とか言うと、君に警戒されるんじゃないかと思ってね」

すぐに紳士的な態度で、丁寧に頭を下げて謝る。

けれど神住は、緊張した表情を崩さなかった。

弓木が刑事なら、あの夜神住に話しかけてきたのは、おそらく事件の捜査のためだろう。あの時の口ぶりでは、神住を被害者たちと同年代の少年と間違えていたようだ。ほかにも被害に遭いそうな人間、あるいは犯人の手がかりを捜して、神住に声をかけたのなら納得がいく。

納得できるはずなのに、神住はわずかな違和感を感じた。誘いをかけてきた弓木の様子が、いかにも遊び慣れて見えたせいかもしれない。

弓木は、神住のおもてから目をそらさない。

「三日前というと、新堂くんが捜査会議をすっぽかした日か。確か、《心配で放っておけなかった》人を家まで送っていったんだっけ……」

弓木の口調は軽口のようだったけれど、彼までその話を知っているということは、新堂の勝手な行動は署内でもかなり問題になったらしい。

神住は、ますます新堂に迷惑をかけてしまったことを後悔した。

「なるほどな……」

弓木はようやく、執拗《しつよう》なまなざしを神住から新堂へと移した。

「それは、彼のことだろう？」

「ええ」

新堂は、正直にうなずいた。

「それなら気持ちはわかるな」

弓木は、また繊細な神住の顔をちらっと見て微笑んだ。

「あの時店にいた子の中でも、とびっきり可愛かったからな」

冗談めかしてクスクス笑う。

「だから、俺に声をかけたんですか？」

静かな声音が、弓木に訊《たず》ねた。

弓木は、とたんに笑みを消した。

「ああ。そうだよ。狙われた被害者は、みんな人目を惹くきれいな子だった。しかも、君はあの夜一人だった。新堂くんじゃなくても、心配してもおかしくはないだろう？」

こっそり新堂に当てこするところが、なおさら神住のカンに障《さわ》った。

睨《にら》み上げる神住の瞳を、弓木は楽しそうに受け止める。

「しかしまさか、自分が疑われるとは思ってもみなかったな」

ぼやくような弓木の言葉に、新堂は気まずそうに逞《たくま》しい肩を竦《すく》める。

「すみません。俺……弓木さんの後ろ姿しか見えなかったもので」

「謝ることはないよ。こんな美人を誘惑してたら、疑われても仕方ない。えーと……」

弓木はわざと絡むような言い方をして、神住を見た。

「そういえば、自己紹介がまだだったな。俺は、警視庁捜査一課の弓木正弘《ゆぎまさひろ》だ」

弓木が本庁の人間らしいのは、彼に遠慮がちに接する新堂の様子から神住も予想していた。所轄《しょかつ》のヒラ刑事にすぎない新堂と、本庁の警部補の弓木とではまったく立場が違う。

しかしその弓木にしても、警察大学校を出て現場にすでに警部として配属されてくるキャリア組ではないということだ。

「神住忍です」

神住は短く名乗った。

「大学生だと言ってたね」

弓木は、あの夜の神住の話を覚えていたようだ。

同時に新堂が注意を向けてくることがわかって、神住は薄っすらと赤くなった。弓木と駆け引きめいた会話を楽しんでいたことを、新堂には知られたくなかった。

「いいえ、大学教授なんです」

神住は上着のポケットから名刺入れを出して、一枚を弓木に渡した。ついでのようなふりをして、新堂にも手渡す。

三日前は、新堂に自分が天宮の社員であることを告げる余裕さえなかった。意識した指先が、微《かす》かに震えた。

「あの天宮グループの……？」

名刺の神住の肩書きを見て、人を食ったような弓木もさすがに驚きの声を上げた。神住に向けられた眼光が、いっそう鋭さを増す。

「てっきり学生だとばかり思っていました。失礼しました」

今度は言葉遣いも変えて、神住に無礼を謝った。けれど口調とは裏腹に、瞳の奥にある挑発的な気配は変わらない。

「慣れていますから、気になさらないでください」

神住は、淡々と返事をした。実際、時々講義に訪れる母校のＭＩＴでも、神住はしょっちゅう学生に間違われていた。

「確かに、あなたの外見なら、とても天宮の重役には見えませんね」

弓木は、またチクリと棘《とげ》のあることを言う。

「そうでしょうね」

神住は、小さく笑い返した。

天宮グループ会長の義人の膝元《ひざ》である本社内はともかく、神住への会長の寵愛を快く思わない人間はどこにでもいる。この手の皮肉には慣れていた。

それよりも神住が気になったのは、新堂の反応だった。神住が天宮グループの中枢《ちゅうすう》にいる人間だと知ると、住む世界が違いすぎると敬遠されることも多い。

新堂は少しは驚いたらしいものの、神住の住まいを知っているせいかかえって納得したようだった。

あのマンションを建設したのも、天宮グループだ。

神住を見守る若い刑事の実直なおもてに、特に失望も拒絶もないことに、いくらかホッとした。

「犯人らしい男をご覧になったとか?」

互いに名乗り合うと、弓木も刑事の顔に戻った。

「後ろ姿だけだし、はっきりとしたことは……ここの廊下、暗いですからね」

神住は、奥の通路を振り返ってみせた。

ちょうど、鑑識《かんしき》の人間が出ていくところのようだ。さっきの藤村という所轄の刑事が、そのうちの一人をつかまえて何ごとか話し合っていた。

そっちを見た弓木のまなざしが、一瞬、強く光を弾《はじ》いた。

「ああ、なるほど」

ただ廊下を確認しただけのように、浅くうなずく。

「じゃあ、顔はわかりませんね」

「ええ」

神住の答えは、新堂との時よりも明らかに素っ気ない。

「殺された少年とも、その前に話をしていたそうですね」

弓木も、ここへ来る前にある程度の事情を聞いているらしい。

「バイトをしないかと誘われました」

「どんなバイトですか？」

質問は澱《よど》みがなかった。

「聞いていません。その……必要ないと断ったので」

神住は、どちらかといえばいっしょに聴いている新堂のために、辛抱強く弓木との会話を続けた。

☆

「神住さん。マンションまで送ります」

『G－BOX』を出たところで、声をかけられた。

店のドアを開けた新堂が、息を弾《はず》ませて追いかけてくる。

弓木といっしょに神住から事情聴取をしたあと、新堂は先輩刑事の藤村と現場検証に立ち会っていた。

神住のほうも、鑑識の人間から個別に質問を受けたり、繰り返し連絡先を訊《き》かれたりしてそう簡単には解放してもらえなかった。

時間は、すでに深夜に近い。

緊張が続いたせいかすっかり疲れてしまって、タクシーで帰るつもりだった神住は、遠慮がちな目を新堂へ向けた。

「でも、まだまだ忙しいんでしょう?」

犯人はおろか、凶器になったナイフも見つかっていない。二丁目は、夜の住人たちの街だ。店の内外の聞き込みや捜索は、このまま朝まで続きそうだった。

新堂には、先日も泥酔して家まで送ってもらっている。しかも親切に介抱してくれた彼に甘えてねだって何をしたか、神住は恥ずかしくて忘れてしまいたいことまではっきりと覚えていた。

そのせいで、新堂が捜査会議を欠席して上司の心証を悪くしたことも、今日知ってしまった。

これ以上、迷惑はかけられない。

恐縮して全身を強張らせている神住に、新堂は困ったような笑顔を見せた。

「実は、上からの命令なんです。弓木警部補が、あなたが天宮本社の重役だと報告したので、本庁のほうが慌ててしまって……丁重にご自宅までお送りしろと——命令を無視してあなたに何かあったら、俺が叱られますから」

「あ……」

神住は澄んだグレーの瞳を軽く瞠《みは》ってから、同じようにほのかな苦笑を浮かべた。

警察が、神住をVIP扱いするのは仕方のないことだ。まして、現場は二丁目でゲイの神住が殺人事件の第一発見者だったとなれば、スキャンダルにまで気を使ってくれたのだろう。警察と天宮が押さえ込めば、マスコミも神住の名前をいっさい表には出せないだろう。神住自身が望みもしなくても、そうして名誉も社会的な地位も完璧に守られている。

でも新堂にそんな役目の一端を押し付けるのが、やはり神住には心苦しい。

「嫌、じゃないですか？　別に新堂さんじゃなくても、俺はほかの人に送ってもらっても……」

長い睫《まつげ》を、微《かす》かに伏せた。

「神住さんは、俺だと嫌ですか？」

逆に、新堂から訊き返された。

神住は意外な思いで視線を上げて真摯《しんし》なおもてを見つめ、そっと首を横に振った。

「じゃあ、俺に送らせてください。すぐに、車をまわしてきますから……」

長身を翻《ひるがえ》して颯爽《さっそう》と走っていく。

後ろ姿へ、神住は思わず溜息を吐いた。

今夜『G－BOX』へ来たのは、もう一度新堂に会いたかったからだ。しかし、そう都合よく会えるとも、新堂から声をかけてもらえるとも思ってはいなかった。むしろ嫌われて、避けられてしまうのが、神住のこれまでのノンケの男との経験からは当然のことだった。

なのにおかしな形で事件に巻き込まれて、新堂と再び会えた。仕事がらみでも、言葉を交わすこともできた。偶然に殺人事件に遭遇してしまった神住の身を案じてくれる新堂の態度も、義務的なおざなりなものではなく心がこもっていた。

だからかえって、あの夜のことを新堂がどう思っているのかわからない。

一時の欲情に流されるように抱き合ってしまったけれど、神住にとっても新堂にとっても、それは恋ではなかった。

神住が恋に堕《お》ちたとすれば、それは新堂がぬくもりだけを残して部屋を出ていった瞬間だった。

叶わない恋だと、神住は疑いもしなかった。ノンケの新堂が、ずっと年上でゲイの神住を好きになってくれるはずはない。

つらい恋なら、いくつもしてきた。諦めることにも慣れたはずだった。ただ、新堂に対しては痛みだけでは終わらないような予感がして、急に怖くなった。

性別も立場も越えて、どうしても互いが互いでなくてはならないような恋をしたのは、十九の時が最後だった。最愛の恋人を亡くした時、神住は絶望して自殺未遂を繰り返した。以来、一度もノンケの男を好きになったことはない。

新堂へのわけもない衝動は、その男に出会った頃に似ている気がする。

逃げるように雑踏へと足を踏みだそうとした神住を、正面から明るいヘッドライトが照らした。

光に滲《にじ》む雨足が、かなり速くなっていた。

神住は逃げ道を失って、開かれた車のドアへ悄然《しょうぜん》と身をすべり込ませた。

「お待たせしました」

まっすぐなまなざしが、神住をとらえる。

「雨、ひどくなってきましたね。濡れていませんか?」

ポケットからハンカチを出した新堂に無造作に手を伸ばされて、神住はビクリと指先を強張らせた。

「あ……すみません」

すぐに察したように、生真面目な表情で頭を下げる。新堂は不器用な手つきで、改めて神住へハンカチを差し出した。

「よかったら、使ってください。汚れてませんから……」

「ありがとうございます」

心遣いを、神住は素直に受け取った。

新堂の言ったとおり、水色の格子模様のハンカチはきちんとアイロンでプレスされて、清潔な洗剤の匂いがした。

忙しい刑事の仕事の合間に、こんなことまでしているんだろうか。それとも、細やかに世話を焼いてくれる人がいるんだろうかとぼんやり考えながら、神住は湿った髪や肩を拭《ぬぐ》った。

ハンドルを扱うほうがずっと器用な新堂の手が、人ごみを避けて車を徐行させる。大通りに出て心持ちアクセルを踏み込んだが、神住に気を遣ってか危なげのない運転だった。

「神住さん」

水滴を落とすために規則的に動いているワイパーで視界の悪いフロントガラスを睨《にら》んだまま、新堂が呼んだ。

神住は、また緊張して息を詰めた。

「はい……」

答える声も、消え入りそうに頼りない。

困惑気味に、新堂は視線を彷徨《さまよ》わせた。

「あの……俺が、怖いですか？」

思いもしない質問に、神住は胸を衝《つ》かれたように新堂の精悍《せいかん》な横顔を見た。

瞳を合わせた新堂が、幾分ホッとした顔つきで笑う。

「やっとこっちを向いてくれた。さっきは、弓木さんのほうばっかり見てるし、目が合うとすぐにそらしてしまうし……この間、乱暴なことをしたから、ひょっとして怖がらせてしまったんじゃないかと」

「違いますっ」

神住は、驚いて否定した。

「乱暴じゃ、ありませんでした。とてもやさしくしてもらったし……それに、してほしいと言ったのは、俺のほうだし……だから」

迷いを振りきるように、言葉を重ねた。

「あんないやらしい真似をして、新堂さんに呆《あき》れられているんじゃないかと――恥ずかしかったんです」

信号が点滅している交差点を見つめて、新堂は左右に首を振った。

「神住さんは、あの時かなり酔っていたし、正気じゃなかったでしょう……何か、わけがあったんじゃないですか。あの……迷惑でなければ、訊いてもいいですか？」

初めて会った男にしがみついて強引に誘ってしまったわけを、新堂が気にするのは当然だった。

神住も、いまさらこの親切な男に隠し事をするつもりはなかった。それに、隠さなければならないほどきれいな体じゃないことは、もうすっかり知られてしまっている。

「三年くらい付き合っていた人に、ほかに女性ができたんです。その女性が妊娠して、彼と別れることになって……でも、淋しくて」

新堂に話しをする神住の声は、淡々としていた。

しかし、対向車線からのヘッドライトが車内を浮かび上がらせた瞬間、白い頬《ほお》を煌《きら》めき落ちる雫が新堂の視界を掠《かす》めた。

「神住さん……」

ふいに、新堂は荒っぽくハンドルをきった。

後ろからきた車が、派手なクラクションを鳴らす。かまわずに、路肩につけた新堂がブレーキを踏んだ。

降りしきる雨の中に、車が停まっていた。規則正しいワイパーの音と雨音だけが、静かな車内に響く。

わずかな衣擦《きぬず》れの音を立て、けれど新堂は思わずハンドルから離してしまった手を、やり場をなくしてギュッと握りしめた。

この人の泣き顔を見てしまうと、あんまり痛々しくて胸が詰まる。それでも、あの夜のように無造作に触れることもできない。同性の神住を抱いてしまったことをいまさら後悔はしていないが、再びたやすく手を伸ばしていい相手だとも思わない。まして、自分が別れた男の身代わりだったのだと、知ってしまえばなおさら。

「まだ、その人のことが忘れられないんですか？　そんなに、つらいんですか？　どうして、今夜、また一人であの店に来たんですか？」

新堂は、引き寄せていたわりたくなる気持ちを抑え、かえって責めるように追及した。

その険しいまなざしに晒《さら》され、神住は理由がわからずうろたえて濡れた睫を震わせた。

『G−BOX』へ行ったのは、友永を忘れるためじゃない。新堂のせいだ。神住に友永を忘れさせてくれたのは、いま目の前にいる男だった。新堂とのたった一夜の行為が、友永と過ごした三年を呆気なく打ち消してしまった。

けれど、新堂にそれは言えない。言っても彼を困らせるだけだと、神住は思っていた。

答えられない神住の肩を、ついに焦《じ》れて強い力がつかんだ。

「弓木さんから、さっき聞きました。神住さんは、天宮の会長のお気に入りなんでしょう。本庁が、第一発見者があなただと知って慌てているのも、あなたがただの重役じゃなく会長の大切な人だから——事件のせいでスキャンダルに巻き込まれる可能性もあるので、くれぐれも慎重に対応するようにと言われて……」

「え……？」

咎《とが》めるような言い方に、神住は驚いて目を瞠った。そんなふうに言われると、なんだか神住が義人の情人のように聞こえる。誤解されているのではないかと焦って、穏やかな彼には珍しく激しい仕種で首を振った。

「違いますっ。確かに義人さんは俺を大切にしてくれますが、それは研究者としてであって……その、特別な、関係ではありません。義人さんは、彼の家族を愛しています」

「あ……」

やはり何かしらの思い込みがあったらしい。怒りに駆られたようだった新堂の鋭い目つきが、急に熱が醒めたみたいに静けさを取り戻した。

それどころか、恥じ入るようにらしくもなく気弱に瞼《まぶた》を伏せて、深々と頭を下げてみせる。

「すみません。俺、変に気をまわしすぎたみたいでっ……」

弓木の言葉やその後の本庁からの指示を聞かされれば、そう考えるのが当然だった。新堂は、酔った神住を一晩介抱しただけで、どういう人物かもよくわかっていたわけじゃない。なのに危ういような色香や美貌《びぼう》、すがりついてくる腕のしなやかさや啼《な》き声の甘さばかり知っているから、暗に会長が神住を抱いているのだとほのめかされれば、疑いもしなかった。

だから、そんな大事な人がいるのに二丁目で遊んでいる神住に腹が立った。自分もまた、神住の一夜限りの浮気相手の一人だったのかと思うと、口惜しくて情けなかった。半分は、しっとりと搦《から》めとるような白い肌にたわいなく溺れてしまった自分の八つ当たりだとわかっていながら、裏切られたような気がして許せなくて。

ただその一方で、あの夜泣きながら新堂を求めてきた神住が、浮気で男を欲しがっているようにはとても思えなかった。思いたくなかった。

会長との関係をきっぱりと否定して、細い銀の髪を必死に左右に揺らす神住を見て、胸の奥に詰まっていたどす黒い疑惑がすっかり溶けたように安心した。

ゲイに対する偏見や天宮の権力への妬《ねた》みも混じっているらしい無責任な言葉よりも、目の前の泣きだしそうなおもてのほうが数倍信用できた。

神住もまた、ホッと小さな息を洩《も》らした。

「いいえ……そういう噂は、天宮に入社した頃からあって。俺がこんなふうだから、疑われるのは仕方ありません」

自嘲的に答えた神住に、新堂は澄んだ瞳を再びきつくした。

「そうじゃありません。俺は、神住さんが会長の恋人で、その上にほかの男も誘うのかと疑ったんだから……神住さんは怒って当然です」

正直に打ち明けられてから、神住はようやく車の中で新堂の態度がずっとおかしかったわけに気づいた。

新堂にそう思わせるほど、警察内部にも義人との関係を誤解している人間は多いんだろう。神住に何かあれば、天宮から責任を問われることを怯えるのもわかる。もともと天宮の一族は、優秀な政治家を輩出してきて、いまも政界に対する影響力が強かった。エリート官僚ほど、己の利に聡《さと》いものだ。

それにゲイには貞操観念が乏しく、不特定多数の相手と付き合うというのは、一般的に知られていることだ。もちろん、それには個人差があり、神住はそういったタイプには当てはまらない。しかし、淋しがりで一人でいることのできない神住には、その時々に恋人がいた。中には体だけの繋がりに近い相手もいたから、そういう意味では新堂に軽蔑されても仕方なかった。

車のボディーを叩くように強まった雨に、新堂がふとフロントガラスに目を向ける。

横顔を見つめた神住の唇から、吐息がこぼれた。

「今夜、あの店に行ったのは、もう一度新堂さんに会いたかったからです」

雨音に掻《か》き消されそうなひそやかな声音で告白した。

☆

「あの……部屋に寄って、コーヒーを飲んでいきませんか?」

新堂の運転する車は、神住のマンションの正面に停まっていた。

エントランスには、ドアマンが立っている。雨に煙るガラス越しに見えるのは、三日前の夜とは、違う顔のようだった。

建物の中に入ってしまえば、厳重なセキュリティが守ってくれる。神住を自宅まで送り届ける新堂の役目もここまでだ。

けれども、どうしてもここで離れがたくて、神住は思いきって部屋へと誘った。

「新堂さんに会いたかった」と中途半端な気持ちは打ち明けたものの、それで新堂が神住の本当の想いに気づいてくれた様子はない。迷惑だとも言われなかったけれど、その先を口にしてもいいものなのか、躊躇《ちゅうちょ》してしまった。

本来ゲイではない新堂の、あの夜神住へと手を差し伸べてくれたやさしさが、ただの同情だったと確かめるのが怖いのかもしれない。でも、それを知らなければきちんと諦めをつけることもできない。新堂の答えが欲しい。

緊張に青ざめた顔で窺《うかが》うように見上げている神住に、新堂は少し困った表情で首を左右に振った。

「まだ現場の周辺の聞き込みが残っているんです。今夜のうちに、話を聞ける相手から聞いておかないと……」

同一犯と思われる殺人事件で、三人目の被害者が殺されたのだ。刑事の新堂は捜査のことしか頭にないのだろう。情報を得ようとするなら、まだ人通りもあるいまの時間が一番可能性が高い。

自分勝手な想いで新堂の邪魔をしたようで、神住はすぐに後悔して、いっそうおもてを強張らせた。

「そう……ですね。すみません」

繊細な睫《まつげ》を伏せて車のドアへと伸ばしかけた手を、思いがけない力がつかんでサイドシートへ引き戻す。

同時に、ふわりと温かな吐息が神住の唇を掠《かす》めた。

(あ……)

声も出せずに、つかまれた指先を震わせた。

一瞬、キスされたのかと思うほど、互いの体温が近かった。それが偶然だとわかっても、息の触れたところから甘やかな微熱が広がって神住を翻弄《ほんろう》した。

驚いて見上げると、真摯《しんし》なまなざしが神住をとらえていた。

「今夜はダメですが、時間が取れたら連絡してもいいですか?」

神住の携帯番号は、事情聴取のときに新堂に教えている。しかし、仕事以外で新堂がそれを利用するとは思っていなかった。

意外な思いにとらわれながらも、神住は咎《とが》める気にはなれなかった。新堂に会いたいのは、連絡を欲しがっているのは神住のほうだ。身勝手だとわかっていても、いまの生殺しのような状態は神住には耐えられない。

こくりとうなずいてみせた。

無意識に向けているすがりつくような淡いグレーの光輝から、新堂もまた目を離せなかった。

本当のところは、このまま部屋に上がったりしたら、神住に何もしないで済む自信がなかった。新堂にとっても、あの夜がなんだったのかまだ測りかねて、ひどく混乱していて……その

くせ、ろくでもない衝動ばかりが強すぎる。女の子相手にも、いままでこんなふうにあからさまな欲情を駆り立てられたことはなかった。

昼も夜も、神住の白い手足が瞼《まぶた》の裏をちらついて……地取り捜査の最中にまで、気がつくとその姿を探していた。新堂は男で、神住だって間違いなく男なのに。ゲイではないと言いわけして、ただ自分の醜い欲だけをその純白の肌に押しつけてしまったみたいで、神住に対しても申しわけない。まして、神住があの天宮グループの中枢《ちゅうすう》にいる人間だと知ってしまったいまはなおさら、新堂からははるかに遠い存在のはずだった。

それなのに、神住からあまりに無防備に「会いたかった」と告げられて、二度と触れてはならないと誓ったはずの心が大きく揺らいだ。危険なほどの情動を、唇を噛みしめて堪《こら》えるしかなかった。

(多分、この人はわかってないんだろうけど……)

そんな神住をたまらなく可愛いと思ってしまう、自分もきっとどうかしている。いつの間にか痕《あと》が残りそうなほど強く握りしめていた細い指から、ぎこちなく掌を解いた。

できることなら、確かめてみたい。自分の気持ちも、もちろん神住の本心も。そして、この熱くて曖昧《あいまい》で、それでももう捨てられそうもない感情に決着をつけたかった。

「俺も、もう一度神住さんに会いたかった。会って……ちゃんと話をしようと思ったんです。こんな形で再会できるとは、予想もしませんでしたけど」

新堂は叱るように、でもどこかやるせなさそうに神住を睨《にら》んだ。

「だから、もう絶対に一人で二丁目の店に出入りしないでください。事件が解決して、犯人が逮捕されるまで――少しは警戒してください。あなたは犯人とすれ違っている。今度狙われるのは、神住さんかもしれないんです」

厳しい面持ちで警告してから、新堂は微《かす》かに甘い笑みを見せた。

「店で待たなくても、今度は俺からちゃんと連絡しますから……」

くすぐるような囁《ささや》きに、透きとおりそうな頬《ほお》がほんのり紅く染まる。

「待っています」

掠れそうな声で答えて、神住は誠実な男の瞳と見つめ合った。

☆

真面目な新堂からは、翌日すぐに連絡が入った。しかしそれは、神住を失望させるものだった。

『すみません。しばらくは捜査本部に泊り込みで、抜けられそうにないんです。一週間後に、もう一度連絡します』

その電話だって、出先からなんとかかけてくれたものらしい。穏やかなのによく通る新堂の声に混じって、いかがわしげな店の呼び込みや、遠くから苛立ったようなクラクションが聞こえてきた。

若い新堂が、朝から深夜まで犯人を追って駆けまわっていることは、神住にも容易に想像ができた。

もちろん、そんな彼にわがままは言えなかった。

『こちらのことは、無理をする必要はないですから。お仕事、がんばってください』

新堂を気遣う言葉をかけて、携帯を置いた。

昨夜の別れ際、新堂から忠告されたことを守って、神住は仕事が終わるとまっすぐ家に帰ってきていた。

まだ着たままだったベージュの上着を脱いで、幾分自堕落にソファーの脇へ投げだし、ネクタイを緩めながらやわらかなクッションに体を沈めた。

自然に洩《も》れたのは、せつない溜息だった。

このソファーの上で、新堂の逞《たくま》しい裸身に組み敷かれて夢のように甘美な快楽に溺れてから、まだ一週間と経ってはいない。

意外に繊細に動く長い指にたどられた愛撫をまだ肌で覚えていて、感触を思い出すたびに全身がざわめいた。

セックスに弱いのは、その行為を初めて知ったローティーンの頃からで、もともと感じやすかった神住の肢体《したい》は恋人たちと濃密な関係を重ねるほど磨き抜かれていった。真っ白で清楚な外見とはいっそ正反対の行為の最中の淫蕩《いんとう》さは、妖しいギャップで何人もの男をそのしなやかな肉の虜《とりこ》にしてきた。

若くして大学の中でも外でも天才の名をほしいままにしていた神住は、マイノリティであることの苦しみも、ほかのゲイたちよりは少なかったはずだ。人種や性的嗜好による悪意をまったく受けなかったとは言わないが、神住を抱いてくれたのは教養も高い洗練されたエリートたちがほとんどだった。

屈辱や恐怖で強要された行為の経験も、皆無と言っていい。新堂を「警戒心が足りない」と嘆《なげ》かせたのも、その辺りが原因かもしれない。

実のところ、初めて出会った相手とその日にセックスしたのも、新堂だけではない。神住には場の雰囲気に流されやすいところがあり、ことに快楽にはひどく脆《もろ》かった。幼馴染みの悠に心配されたとおり、大量のアルコールが入るとよけい歯止めが利かなくなるので、それで何度か痛い目にも遭ったことがある。

新堂との出会いは、その最悪のパターンだった。

最初に一番恥ずかしく醜い姿を見られてしまっているから、あとからどれだけきれいごとを並べたところで取り繕《つくろ》いようもない。

新堂のまっすぐなまなざしに晒《さら》されるだけで、指先が竦《すく》んで、羞恥のあまり消え入ってしまいたい思いに掻《か》き立てられる。

それなのに彼に会いたくて堪《たま》らない気持ちは矛盾して、神住を混乱させた。

思いがけない形で再会して、「会いたかった」と告げた神住に、「俺も、もう一度神住さんに会いたかった」と答えてくれた。「ちゃんと話をしようと思った」と言われた。煩《わずら》わしいだけの相手だと思われても仕方ないのに、真摯《しんし》なその態度がうれしかった。

答えを欲しがっているのは、新堂も同じだったのかもしれない。

本当に新堂のことが好きなら、神住のほうからさっさと諦めて身を引くべきなのはわかっていた。

新堂は若く、これから伸びていくべき男だ。仕事に情熱を注いでいる彼は、じきに刑事として功績を挙げていくだろう。そしていつか、彼にふさわしい女性を見つけて穏やかな家庭を築くはずだ。

それが、新堂の幸せだ。ゲイの神住に、入り込む余地はない。

神住には、新堂に与えられるものなど何もなかった。報われない男同士の愛欲に引き込んでも、彼を貶《おとし》めるだけだ。

そう自分に言い聞かせて諦めることにも、慣れていたはずだった。

なぜ新堂にだけ、それができないのか。混乱するのは、そのせいだ。

新堂が欲しい。どんなに恥ずかしくても、あの澄んだ目に見つめられたい。強靱《きょうじん》な腕に抱きしめられてキスされたい。硬い楔《くさび》に貫かれて、甘やかな苦悶に身悶《みもだ》えたい。「愛している」と囁《ささや》いて、その胸のぬくもりに包み込むようにやさしく眠らせてほしい。

際限もなく夢みたいなことばかり求めてしまいそうになるのは、あの夜の新堂が、何も訊《き》かずに神住の欲しかったもののすべてを与えてくれたからだ。わずかな仕種や目線や細い息遣いだけで、新堂には神住が何を望んでいるのかわかってしまうらしかった。行為の最中も、終わったあとも。

あんなふうに誰かの腕に自分を委《ゆだ》ねきった記憶が、もうずいぶん長い間神住にはなかった。欲しいのはセックスだけじゃない。あの男のすべてを手に入れたい。輝かしい未来すら、自分のものにしてしまいたい。

貪欲な執着《しゅうちゃく》は、神住がほとんど忘れかけていた感情だった。

「新堂……克也」

そっと名前を呟《つぶや》いて、そこに彼がいるかのように両腕を空《くう》へ伸ばした。

冷えた部屋の空気を掻《か》き寄せるように、神住は両肩を抱きしめた。

指をすべらせ、覚えのある感触のあとを追う。シャツのボタンをはずし、直にその内側に触れた。

「ぁ、っ……」

シンとした広い部屋に、小さな声が響いた。

ささやかな先端は、触れる前からふっくらと尖《とが》っていた。新堂に舐められ、弄られた時から、ずっと敏感なままだった。

まるで、もう一度彼にそうされるのを待っているような気がする。

自分で強くつまみながら、やるせなく身を捩《よじ》った。

「ぁ、んっ……」

友永とのセックスは、たいてい男二人で泊まっても目立たない地味なビジネスホテルだった。造りの安っぽいホテルは壁が薄く、神住は我慢できない啼《な》き声を枕を噛んで殺した。

それを不満ともつらいとも思ったことはなかったけれど、声を抑えることに慣らされていた分、新堂と交わした艶めいた睦言《むつごと》は神住をひどく昂《たかぶ》らせた。

「新堂さっ……もっと、噛んで」

一人で、男の名前を呼びながらの行為は、どこか淫靡《いんび》な後ろめたさがつきまとう。逆にそれが、肌を熱く火照らせる。

「あっ……ふ……くっ」

止めることもできず、手荒にズボンのベルトをはずし、ジッパーを引き下ろして下着の中までまさぐっていた。

しっとりとした手触りがもう指を濡らしてしまい、羞恥に頬が上気する。

「ぁん、あぁっ！」

握り込んで動かすと、甘ったるい声が洩れた。それが四日前に男を求めたのと同じものだと気づいて、頭の芯《しん》がくらりとする。

この声で新堂を欲しがって、足を開いて愛撫を誘った。痴態《ちたい》のひとつひとつを思い出して、繰り返すみたいに淫《みだ》らに腰が揺れ動いた。

「ぁ、いやっ……ああっ――！」

拒むように頭を振っても、あさましい指の動きは止まらない。ちりちりと疼《うず》く裏側を擦《こす》って、雫をこぼす先をくすぐった。

『神住さん……いい？』

耳朶《じだ》に吹き込まれた熱っぽい声音が蘇《よみがえ》ってきて、背中を仰《の》け反らして悶えた。

唇が乾いていた。赤い舌を出してちろりと舐めた。

「ん、ふっ……」

喉声《のどごえ》で啼いて、その舌にも空いた指を絡ませた。新堂のものにするように、丁寧にしゃぶって濡らす。わざと生々しい音を立てて、鼓膜を刺激した。

『神住、さんっ……』

巧みな口腔に咥《くわ》え込まれて上擦《うわず》った新堂の喘《あえ》ぎが、耳に残っている。

「ねっ……もうっ、もうっ……」

そう囁いてねだったのは、二度目だったか、三度目だったか。たっぷりと注ぎ込まれてあふれた蜜を再び押し戻すように太い楔を捻《ね》じ込まれて、神住は声も出せずに泣いていた。

華奢《きゃしゃ》な自分の指では心もとない。それでも、記憶の中の男を貪《むさぼ》るように突き入れた奥で妖《あや》しく蠢《うご》かせた。

「あ……はぁ……あっ――」

どれだけしどけない姿を晒《さら》しているか頭の隅でわかっていても、男の熱を追う行為に溺れていく。

「ぁ……そこ、そこを……もっと――」

『神住さん……こう？　ここが、いい？』

生真面目そうな新堂が、女性との行為にもそう慣れているとは思えない。実際、キスや抱きしめる手つきもぎこちなくて。それが、男の神住に対してというだけではなく、行為そのものへの照れもあるのだと思わせた。

なのに、突き上げられるたびに確実にいいところを暴かれて、いつの間にか夢中で啜《すす》り泣いているのは神住だった。

勘がいいのか。それとも互いの体の相性が良すぎたのか。もうずっと知らなかったような立て続けの絶頂感に、神住はすぐに喉を嗄《か》らしていた。

どんな声を上げたのかも、途中からはあやふやだった。

ひくひくとしゃくり上げる神住にあやすようにキスをくれたのも新堂で、冷蔵庫からミネラルウォーターの瓶を取ってきて、口移しで飲ませてくれもした。

『目、きれいですね。涙が透けて、水晶みたいにキラキラしてる――』

イきすぎて爛《ただ》れたような貌《かお》を覗《のぞ》き込まれて、そう言って褒めてくれた。うれしさと恥ずかしさでまともに男を見ていられずに、日焼けした首にしがみついて「もう一度して……」と甘くせがんでいた。

「あっ、も……もう、イくっ！」

極みが近づいてきて、両手をせわしなく動かし小刻みに腰を振った。

神住の瞳に映っているのは、恋しい男の幻だった。

☆

壁面を一枚切り取ったような広い窓からは、よく晴れた日だとパノラマのような都心の風景が見えたけれども、さすがに今日はどんより鉛色に霞んでいた。

秘書に招き入れられてドアを入った神住の姿を見つけて、窓の前にある大きなデスクの向こう側にかけていた男が快活に立ち上がる。

「忍くん」

天宮義人は、学生時代のままに神住をそう呼んで、見慣れない短い髪に当惑《とうわく》したように切れ長な目を泳がせた。

「向こうで噂には聞いていたが、またばっさり切ったものだな」

義人は、一カ月にわたるアメリカの支社や関連企業の視察から、昨夜遅くに帰国したばかりだった。

長身の偉丈夫《いじょうぶ》は、いかにも由緒ある財閥の当主らしい優雅な物腰と堂々とした風格を持っている。しかし、義人にはまた経営者というよりも世俗を嫌う偏屈な学者のような一面があり、そんなところが根っからの研究者の神住とは馬が合った。

神住の豹変は、海を越えた向こうにまで伝わっていたらしい。いかにも惜しそうな目つきが、小柄な肢体《したい》をまた上から下まで眺めまわす。

執拗《しつよう》な視線に、神住は少し赤くなった。

「勝手なことをして、申しわけありません」

「いや、ヘアスタイルはもちろん個人の自由だが……」

頭を下げて謝る神住に慌てて首を振って、義人は大股に間近まで歩み寄ってくる。

「少し、痩せたんじゃないかな……食事は？　ちゃんと食べているのかい？」

顔を覗《のぞ》き込んで案じる様子は、まるで我が子を心配する過保護な父親のようだ。

とはいっても、実際、義人と神住は親子ほど年が離れているわけではない。そう見えるのは、神住のどこか儚《はかな》げな外見のせいだった。

髪を短く切った神住はますます頼りなげな子供のようで、意外と細やかなことに気のつく心配性の男の庇護欲《ひごよく》をことさらに掻《か》き立てた。

そんな義人の態度にも慣れたもので、神住はひっそりと微笑み返す。

「はい」

控えめに答える彼に、義人は疑うように眉を顰《ひそ》めた。

「忍くん……そういうところは、ちっとも変わらないな。わたしに嘘をつくのはやめなさい。そうだ、今夜は久々にいっしょに食事に出よう。友人が麻布《あざぶ》に新しい店を出してね。一度来てくれと言われていたんだ。味のほうは、わたしが保証するよ」

「ありがとうございます」

神住はまた、丁寧だが人形のように一礼した。

義人の唇から、深い溜息が洩《も》れた。

義人は神住の雇い主で彼の研究の大口のスポンサーでもあるけれど、また大学時代から神住を知る古い友人でもあった。

昔の神住は、義人に対してもいまほど頑《かたく》なではなく、もっと無邪気に兄のように甘えてくることもあった。

神住が変わったのは、大学を卒業した翌年、中東で最愛の恋人を失ってからだ。あとを追おうと自殺未遂を繰り返した神住を、一時は病院に閉じ込めるようにしてなんとか立ち直らせたのは義人だった。

けれども、神住の深い傷は決して癒《い》えることはなかった。義人は、神住忍という天才を失いはしなかったけれど、弟のように彼を慕っていた友人をなくした。神住の心は、遙かな地で命を散らした恋人といっしょに死んでしまったようだった。

日本に帰国してから、冷えきった肌を温めるすべを探すように次々と短い恋を繰り返す神住を、義人はただ見守ってきた。

決まったように去っていってしまう恋人を、神住はいつも追おうとはしなかった。恋人が去る原因が自分にあることに、神住自身は気づいていないのかもしれない。

だから、珍しくしばらく続いていた恋人と別れて、ずっと伸ばしていた鮮やかな銀の髪を切ったと聞いた時には、義人は神住に何か心境の変化でもあったのかとわずかながら期待していた。

だが、いつにもまして淋しそうな神住からは、そんな様子も窺《うかが》えない。

それに、義人が帰国を急いだのは、神住の身辺にらしくもない危険な気配があることを知ったからだった。

「ところで……」

感情を見せない神住のおもてを、義人は鋭いまなざしで見つめた。

「先日は、ずいぶん危ない目に遭ったらしいね。警察からは、その後何か言ってきたかい？」

神住からは、義人には事件のことは話していない。わざわざ会長に報告するようなことではなかった。

ただ、警察から問い合わせがあるかもしれないので、総務課に簡単な事後報告をしただけだ。もちろん、警察にも友人知人の多い義人が、ずっと詳しい情報をすでに知っていてもおかしくはない。むしろ義人の性格ならば、神住のあらゆる安全を守るために、積極的に警察に働きかけていたとしても不思議はなかった。

けれど、いかに義人でも、一所轄《しょかつ》の刑事でしかない新堂と神住がごくプライベートな関係を持ってしまったことまで知るわけはない。

「いいえ。捜査に必要と思えることは、あの時に全部話しましたから」

答える神住の表情に、しかし義人は『おや?』と視線を止めた。

純粋培養の学者肌の神住は、その必要もあまりないせいか嘘をつくのが下手だ。腹の探り合いが仕事のような義人は、すぐに見抜いてしまう。しかも、神住とは妻の香織《かおり》とよりも長い付き合いだ。

微《かす》かな返事のためらいに気づいてから、ちょっと面白そうな目つきになる。

小さく揺れた淡いグレーの虹彩《こうさい》が、義人もドキリとするような濡れた艶を含んでいた。とても失恋してふさぎ込んでいる瞳には見えない。まして、こんな危うい顔の神住を見るのも久しぶりだった。

神住に新しい恋人ができたという話は、まだ聞いていない。隠し事のできない神住が、秘密で誰かと付き合っているとも思えない。男と別れて派手に髪を切った直後ならなおさらだ。二股をかけられるほど神住が器用ではないことは、義人が一番よく知っていた。

（これは、これは……）

事件の渦中《かちゅう》で神住に何かあったことは、義人にも容易に想像がついた。殺人事件で第一発見者の神住に接触する人間となれば限られてくる。

（新宿署の署長は、いまは誰だったかな……？）

天宮グループの会長として面識のある数限りない顔の中から、おぼろな記憶を手繰った。そしてふいに、幾分意地の悪い考えが頭をもたげる。

「しかし、あんなことがあったのでは、君も身辺には気をつけたほうがいいな。必要なら、事件が解決するまでボディーガードをつけよう」

親切めかした義人の提案に、神住は今度こそ目に見えて動揺した。

実のところ、義人は半分は本気だった。犯人は、ナイフで人を刺し殺す手口も慣れていたし、神住が目撃したとおり沈着冷静だった。たとえ後ろ姿だけでも見ている神住を、このままにしておくかどうかも怪しい。それに内部情報では、犯人は警察の動きをかなり正確に把握しているらしい。厄介な相手だった。

「いいえ。その必要はありません」

予想どおり、神住は頑なに首を振った。

義人が雇うボディーガードは超一流だ。おそらく、仕事中もプライベートも神住から一瞬も目を離さないだろう。

もし新堂から連絡が入って、彼に会えば、すぐに義人に知られてしまう。

神住自身は、自分の性癖をいまさら誰にはばかることもないし、恋の相手を義人に隠す必要もない。

けれど、新堂は神住の恋人ではないし、刑事の彼にとって神住との関係を知られるのがいいことだとは思わなかった。

情報網の広い義人のことだ。いずれはバレるかもしれない。でも、この関係は積極的に知らせるつもりはない。

思いつめた神住の顔色に、義人は穏やかに微笑んだ。

「そうか。君が嫌なら、無理強いをするつもりはないよ。ただ、わたしは君を心配しているんだ。くれぐれも気をつけてくれ」

あっさりそう言葉を翻《ひるがえ》されると、神住はなんだか申しわけないような気分になった。

義人がどれほど神住を大切にしてくれるかは、身に染みている。常に実の家族以上の愛情を注いでくれたし、いまでは神住にとっても実の親よりも身近な存在だった。

昔、神住がその腕の中で「死なせてください」と泣き叫んだときに、義人がどれほど悩んだかも知っていた。あの頃のことを、恨んでいるわけではない。けれど、手酷く裏切られ最愛の男を殺された神住は、もう誰かを心から信じることはできなくなっていた。

「せっかくお心遣いいただいたのに、すみません」

低く呟《つぶや》いて頭を下げる神住の肩を、温かな腕がやさしく引き寄せる。

「忍くん……君は、わたしにいくら甘えても、わがままを言ってもいいんだよ」

死にたいと望んだ神住を無理やりに止めた時、義人は彼のすべてを引き受けるからと約束した。その約束は、いまも守られている。

「さて、久しぶりに顔を見たんだ。ゆっくりお茶でも飲んでいきなさい。土産話もある。そういえば、オニール教授のお孫さんが、とうとうプロフットボールの選手になったよ……彼は、なんという名前だったかな」

「アレックスですよ」

大学の噂話をしながら、義人は神住をゆったりとしたソファーへと導いた。

☆

「ごめんなさい。まだ準備中……あら」

漆黒《しっこく》の引き戸を開けると、カウンターの向こうから頭を上げたすっぴんの悠と目が合った。

「ごめん……出直してくる」

「待ちなさい。忍っ」

反射的に身を翻《ひるがえ》しかけた神住を、慌てた声が呼び止めた。

「馬鹿ね。あんたならいいのよ。すぐ仕度しちゃうから、こっち座って待ってて」

「……うん」

しなやかな指でカウンターの端の椅子を示されて、大人しくそこに座る。けれど、いつも隙のない悠の化粧っけのない顔など見るのは数年ぶりで、神住はなんだか目のやり場に困って視線を彷徨《さまよ》わせた。

「まったく……変なとこ見せちゃったわね」

神住のことを化け物呼ばわりするくせに、自分だってまだ十分艶やかな素肌に薄くファンデーションを塗りながら、小さな鏡を覗《のぞ》いたおもてが苦笑する。

闇色の瞳が微《かす》かに潤《うる》んで目元が赤いように見えるのは、気のせいだろうかと、神住はそっと瞬きした。

「あの……」

「さっきまで、男が来てたのよ。それでお化粧落ちちゃって、みっともないから塗り直してたの」

神住が訊《たず》ねる前に、悠はさばさばした声で事情を話した。

らしくもなく戸惑ったような悠の態度のわけをようやく察して、馬鹿正直に白い頬《ほお》が真っ赤になる。

「あ……」

「嫌ね」

それを見て、悠も淡く瞼《まぶた》を染めた。

「あんたこそ、どうしたのよ、こんな時間に……こっち出てくるのも、久しぶりなんじゃないの？」

逆に訊《き》き返されて、神住はまた悠の顔をまともに見られなくなる。

この一週間、神住は新堂に言われたことを従順に守って、一人で夜遊びもしていない。もっとも、その内の半分は、アメリカから帰国した義人に食事だコンサートだと連れまわされていたんだけれど。

ようやく時間の取れた新堂から連絡が入って、今夜、ここで待ち合わせてから食事に行く約束をした。

「うん……ちょっと、人と待ち合わせを」

面映《おもはゆ》そうに長い睫《まつげ》を伏せたまま答えたとたん、半分眉毛を描いた悠がカウンター越しに身を乗り出してきた。

「何、それ、男っ？」

すごい剣幕で問われて、神住はたじたじと椅子の上で後退する。

「忍っ！」

逃がさないというように、細い手首をきつくつかまれた。

「は、悠……痛いよ」

「じゃあ、ちゃんと答えなさい」

鋭い視線が、正面から神住を見据《みす》えた。

レストランの個室やクラシックコンサートのあとの静かなバーで、言葉巧みに神住から何かを聞き出そうとする義人も曲者《くせもの》だけれど、こういう直球な質問はかわしようもない。

「男、だけど……そういうんじゃなくて――」

新堂との関係を、簡単には説明できない。だいたい神住自身も、どうするべきなのかまだ迷い続けていた。

「この前、ここで飲んだ夜に、迷惑をかけた相手なんだ」

できる限り正直に打ち明けた。神住のあまり人に言えない悪癖《あくへき》を知っている悠には、多分それでわかるはずだった。

「迷惑、って……」

探るようなまなざしが、清冽な美貌《びぼう》を窺《うかが》う。

「この間は、かなり酔ってたわよね」

念を押されて、神住はこくりとうなずいた。

「まさか……《あれ》、やっちゃったの？」

呆《あき》れる悠の目の前で、わずかに首を縦に振る。

「あちゃー」と呻《うめ》きながら、悠が半分しか眉のない額を片手で覆った。

「だから、もう飲むなって言ったのに……あんた、まっすぐ帰らなかったのね」

「だって……」

ほのかな紅を透かす唇から、気弱な声が洩《も》れる。

心配と半ば諦めが入り混じった表情で、悠は溜息を吐いた。

「まあ、やっちゃったもんは仕方ないわ。あんたって、わかってないようでちゃっかりしてるし……で、相手って、何者？」

神住には意味のわからないことを呟《つぶや》いて、薄紫の婀娜《あだ》な着物姿がますますにじり寄った。

「……刑事」

神住の返事は、口の中で消えた。

「は？」

よく聞き取れなかった悠が、問い返す。

「刑事」

今度も蚊の鳴くようなものだったが、片眉のままの悠が目を剥《む》いた。

「ゲイ、だったの？」

神住の耳元へ、ひそめた声音で確認した。

連続殺人事件の渦中《かちゅう》だ。神住がなぜ刑事と知り合ったのか、薄々の察しはつく。ともかく、二丁目でも神住の純白の麗姿《れいし》は目立つことこの上ないし、そのままで事件の被害者たちと同じ年頃に見えてしまう。

ただし、刑事に目をつけられるのと、刑事とHするのとではまったく意味が違う。酔った神住が凶悪に色っぽいことは知っているし、あの顔で泣いてすがりつかれたらその気のない男が迷ったとしても不思議はない。

しかし、それはよくある一夜の過ちというものだ。外見がどうあれ、神住は三十七歳の男だし、相手だって当然大人だ。刑事とはいえ人の子だから過ちを犯すのは仕方ないが、多少お互いに気まずい思いをしても、何があったかは胸の内にしまって、朝になれば別れるのが普通だろう。

その相手と、神住が再び意味ありげに待ち合わせしているわけがわからない。

考えられるのは、相手もゲイで神住を気に入ったか。ノンケだけど、神住との一夜が忘れられなくなったのか。あるいは、神住のほうが男を忘れられなかったか。

悪い予感にブルッと震えて、悠は汚れを知らないようなきれいなおもてを睨《にら》んだ。

予想どおり、小さな頭が左右に動いた。

「あんた、ノンケの男を食ったわね？」

あからさまな言い方に咎《とが》められて、雪のような肌が耳朶《じだ》まで赤くなる。いくら純情そうでも、ゲイを自覚してからすでに二十年以上になる神住だ。付き合ってきた男の数も、経験もそれなりにある。なまじなことでそんなふうに顔色を変えるとは、悠も思わない。

そのノンケの刑事とのセックスがよほどよかったんだと、潤んだ瞳の艶だけでわかった。そして神住は、肉体の快楽に恐ろしく脆《もろ》い。

「まさか、惚《ほ》れたなんて言わないでしょうね？」

恐る恐る訊《たず》ねた悠に、返事はなかった。

「ちょっと、忍。しっかりしなさいよ。いくら友永を女に取られたからって、今度はあんたがノンケに手を出してどうすんのよっ！　……だいたいノンケに惚れてつらい思いをするのは、あんただってもう懲《こ》りたはずでしょう」

薄い肩をつかんで揺さぶってから、いつものようにたやすくたじろがない硬いグレーの双眸《そうぼう》に息を止めた。

神住が苦しんだのは、相手がノンケだったからではない。それすらも越えて愛し合った男を、最も残酷な方法で奪われたからだった。それ以来、神住がゲイとしか付き合わなかったのは、二度とあの痛みを思い出したくなかったせいだろう。

けれど、神住はもう一度苦しい恋を選ぼうとしているのだと、悠は気づいた。

☆

仕度を終えて、いつもと違ってギリギリの時間に店の表に明かりを出した。

黒い引き戸が開いたのは、その直後だった。

「いらっしゃい」

カウンターで向かい合っていた悠《はるか》と神住《かすみ》が振り返った先に、濃紺のスーツ姿の青年が立っていた。

背が高くて、肩幅が広い。何かスポーツでもしているらしい、鍛《きた》えられた体つきなのが洋服の上からでもすぐにわかった。よほど慌てて走ってきたのか、逞《たくま》しい胸が荒い息に上下している。

動きをつけるためか少し毛先のはねた黒髪は、短くさっぱりとカットされているけれど、はらりと落ちた前髪の感じは今風の男らしい。生真面目そうな少しきつめの眉の下から、澄んだ切れ長の瞳が二人を見つめ返してきた。

店の中に目敏《めざと》く神住の白い美貌《びぼう》を見つけて、にっこりと微笑む。

大股に歩み寄ってきた新堂《しんどう》は、急に深々と頭を下げた。

「遅れてすみません。捜査会議が思ってたよりも長引いて……」

腕時計に目を落とした神住が、律儀すぎる男にクスリと笑う。

「五分と遅れていませんよ」

「よかった。必死で走ってきたんです」

ホッと笑み崩れた表情が、眩《まぶ》しそうに神住を見下ろした。

「レストランの予約は遅めにしてあるから、まだ時間もあります。ビールでも飲みますか？　それとも、アルコールはダメですか？」

新堂の仕事のことも気遣いながら、神住は隣の席を勧めた。

甘やかなその笑顔から目が離せないように椅子に座り、新堂はようやく店内の様子に視線を向けた。

薄紅の間接照明で足元を照らしたフロアは、どこか艶めいていたけれども、酒を飲むための落ち着いた風情もあった。

ほのかな光に浮かぶ神住の横顔を見ながら、じっくり飲んでみたい気分になるけれど、残念ながらいまの新堂はいつ緊急の呼び出しがあるかもわからない。

現場が現場だけに、情報が入ってくるのも夜中の方が多いのだ。もっともいくら刑事だろうと連日二十四時間フルに働けるわけではないから、こうして交代で少しは時間をもらえる。

本当なら睡眠を取るなり体を休めるべき時間を割いても、新堂は神住に会いたかった。その気持ちに、まだいくつか迷いはあっても。

「じゃあ、一杯だけ……」

それが限度と、苦笑しながら諦めた。

よく冷えたビールを開けて、悠がグラスに注ぐ。

悪戯《いたずら》っぽい目つきが、興味津々で新堂と神住を見比べているのに気づいて、銀色の長い睫《まつげ》が小さく揺れた。

「面食いっ……」

突然、低いけれど新堂にも聞こえるように耳打ちされて、いっそううろたえる。

「あ……」

迷うようにおもてを上げた神住と目が合って、新堂が怪訝《けげん》そうな顔をする。

無視することもできなくて、神住は恨めしげに悠を見た。

「あの……紹介します。この店のママの羽立悠《うりゅうはるか》。俺の、幼馴染みなんです」

別に、新堂は神住と付き合っているわけではない。新堂から連絡をもらって食事の約束をしたものの、まだ互いの距離を測りかねている。

神住の知り合いなんて紹介されても迷惑なだけじゃないかと、どうしても遠慮がちな口調になった。

けれど、新堂は不愉快そうには見えなかったし、二人の親密そうな態度をそれで納得したよ

いてを上気
うだ。

「悠。新宿署の新堂さん」

さらに小さくなった声で紹介された新堂に、悠は満面の笑みを浮かべた。

「悠です。どうぞよろしく」

しなを作ってあでやかに会釈する和服美人に、中身が男とわかっていても、純情な新堂はつい頬《ほお》を赤らめる。

「新堂克也《しんどうかつや》です」

なんのてらいもなくまっすぐなまなざしで名乗る青年に、悠は紅い唇を綻《ほころ》ばせた。

「忍《しのぶ》が、酔ってご迷惑をかけたんですってね」

いきなり核心を衝《つ》かれて、動揺したのは神住だけではなかった。新堂の耳たぶがカッと上気したのは、迷惑の内容を思い出したからだろう。

悠は、喉《のど》の奥でクスクスと笑い声を立てた。

「ごめんなさいね。飲まなきゃ本当にいい子なんだけど、飲むとその分箍《たが》が外れちゃうみたいで、困ったクセなのよ」

「悠っ！」

新堂に悪癖をバラされた神住は、いたたまれずに椅子の上の身を竦《すく》める。

「クセ、って……ああいうこと、よくあるんですか？」

新堂は、信じられずに訊《き》き返した。

あの夜、神住と交わした熱すぎる行為のことを思えば、あれが酔った上での悪癖《あくへき》だと言われるなら、神住の貞操まで疑いたくなる。

しかし、新堂の腕の中で泣いた神住の苦しげな仕種は、ただの酒癖の悪さだとは到底思えなかった。

まるで怒っているような新堂の表情を、悠は鋭く見逃さない。

「いいえ。まあ、見かけによらずけっこうお酒には強いから、大荒れになるのは、せいぜい何年かに一回ぐらいなんだけど……」

「はるか……」

やめてくれと言葉にもできず訴える神住は、ほとんど泣きだしそうだった。

新堂の口元が、硬く強張った。

悠の言う「何年かに一回」が多いか少ないかを測るすべはないけれど、神住がいままでそういうことを繰り返してきたのは確からしい。繰り返すような原因もあったんだろう。

セックスと快楽に慣れた神住の体のことは、一晩抱き合った新堂も知っている。どちらかといえば晩熟《おくて》だった新堂には想像もつかないような経験をしてきているだろうことは、容易に察しもついた。

ただ、神住がどんな男に対してもだらしがないとは思いたくない。あの夜、神住は少なくとも新堂を信頼して身を委ねたのだと信じたかった。

そして、どうやら悠が新堂を試しているらしいことに気づく。

神住は、ひとまわりも年下の新堂から見ても可愛い。外見が若く見えるだけじゃなく、学歴も高く、天宮グループの中枢《ちゅうすう》で働くような才能があるとわかっていても、どこか浮世離れしていて放っておけないところがある。

悠が、この純白の美貌《びぼう》の幼馴染みを見つめる視線には、包み込むようなやさしさがあった。

神住と同じゲイで、ずっと身近な存在だったんだろう。

刑事で、神住たちとは別世界で生きてきた新堂を、警戒するのは当たり前だ。

何かを探るような闇色の双眸《そうぼう》を、じっと見つめ返した。

「俺は……迷惑だとは思っていません。できれば、神住さんのことを、もっとよく知りたいと思っています」

初めて会った夜から、神住を忘れられない。

それでも、まさかもう一度会えるはずもないと思っていたのに、殺しの現場で神住に再会した時には、偶然が怖くなった。自分のあさましい執着が、神住を危険の中へ引き寄せてしまったような気さえして。

あの夜、痛いほどすがりついてきたしなやかな腕や白い肌の熱、甘い吐息や艶やかな啼《な》き声が、昼も夜も脳裏から離れなかった。短い休憩時間にシャワーを浴びながら、こみ上げてくる衝動に抗《あらが》えずに自慰に耽《ふけ》ったことさえある。同性の体にそんな狂おしい欲望を感じることがあるとは、まさか思ってもみなかった。

それに、決して肉欲だけでもない。傷ついたような横顔や、せつなげに話した男のことが気になって。神住のことが心配で、いつの間にかその姿を夜の街に求めていた。

さすがに、神住への感情がなんであるか、自覚しないわけにはいかなかった。この想いは、女性に対する恋に近い。それどころか、いままでの恋のどれよりも熱っぽい感情であることを否定できない。

しかしこの期《ご》に及んでも、新堂は男同士の間に恋愛関係が成り立つのかどうか困惑していた。神住を愛したとしても、それは欲望以上のなんになるだろう。女性となら、愛し合い、やがて結婚して家庭や子供を持つこともできる。けれど、神住との恋にその先はない。

恋愛をすることはできる。体を重ね合うことも、いっしょに暮らすことだってできるかもしれない。

だが、刑事の新堂と天宮グループの重役である神住に生活の接点はほとんどない。年下でなんの肩書きも持たない新堂の存在は、神住の障害にしかならないかもしれない。

実際、神住の側には、いまだって新堂よりもふさわしい相手がいるのではないだろうか。

神住は、薄っぺらい恋情や欲望だけで簡単に扱えるような相手じゃない。それは、新堂にもよくわかっている。

「知ってどうするの？　忍は、ゲイよ。男を好きになるような男なんて、気持ち悪くない？」

その迷いを見抜いているように、悠は新堂を挑発した。

「いいえ」

はっきりと首を横に振った。好きになる気持ちは、いまなら新堂にもわかる。神住へのこの想いは、多分同じものだから。

真摯《しんし》な新堂のまなざしを、神住は息を詰めて見守っていた。

「でも、三十七歳のオジサンなんかより、若くてきれいな女の子のほうがいいでしょ？」

わざとらしい誘導に引っかかったのは新堂ではなく神住で、やわらかな水晶の瞳が悲哀を隠せずに大きく揺らぐ。

それを見た新堂は、もう黙っていられなくなった。

「きれいなのは、神住さんですっ！　俺は、神住さんよりきれいな人なんか、見たことないぃ……ぁ……」

思わず力説した新堂の目の前で、青ざめていた清麗なおもてが見る見る真っ赤に染め上げられていく。勝ち誇ったような悠の笑い声が、狭い店内に響き渡った。

「……ですって、忍。あんた、ちょっとは自信を持っていいみたいよ」

本当は大いに自信を持てと言ってやりたいところだったけれど、少しばかりしゃくだったので、悠は控えめに留めた。

「で、忍の何が知りたいの？」

新堂へと追及する口調は、さっきと変わらず容赦《ようしゃ》ない。

「それは……神住さんに直接訊きます」

まるで神住への告白みたいだったセリフにうろたえながら、新堂はなおも頑とした態度で答えた。

カウンターの向こう側の笑みが深くなる。

「いいわ。ちゃんと訊いてやって……でも、忍はあたしより手強いわよ」

意味ありげに脅す悠には、新堂が何を知りたがっているのかとっくにわかっているようだった。新堂もまた、自分の勘が正しかったことに気づいていた。

☆

「どうぞ、ごゆっくり」

挨拶に顔を覗《のぞ》かせた神住とは馴染みのシェフがドアを出ていくと、ほどよく寛《くつろ》げる広さの部屋の中は二人きりになる。

新堂は、やはりまだ慣れない雰囲気にいくらか緊張した面持ちだった。

「ごめんなさい。気軽な居酒屋とかのほうがよかったでしょうか」

忙しい新堂から店の予約を任されていたとはいえ、堅苦し過ぎたかと、神住は後悔した。神住がホテルの中のレストランを選んだのは、少しだけ下心があったからだ。もしも新堂が拒まなかったら、今夜は彼といっしょにいたい。

仕事があるなら、ほんのわずかな時間でもよかった。

体の関係ばかりを求めるつもりはない。もともと同性を抱く嗜好《しこう》のない新堂に、それを欲しがるのは間違いかもしれない。

けれど、最初に新堂の熱い愛撫や心地よいキスを覚えてしまった神住は、たった一週間が我慢できなくなっていた。

セックスできなくてもいい。ただ彼のぬくもりを肌に感じるだけでいい。せつないほど疼《うず》く体を、もてあましている。

ところが『羽衣《はごろも》』での悠と新堂の思いがけない会話に、いまになって気後れしていた。神住が思っていたよりもずっと真剣に、新堂は神住のことを考えていた。

新堂がもしも興味を持ってくれるなら、せめて彼が飽きるまででいいと、そんなせつな的なことしか思えなかった自分がひどく恥ずかしかった。

そうして思い返せば、新堂に対してだけではない。いままで付き合ってきた誰とも、きちんと正面から向き合おうとしたことはなかった気がする。無意識に、そうしないでいい相手を選んでいたのかもしれない。いつも、終わりばかりを見ていた。終われない恋をするのが、怖かったんだろうか。

つきんと、胸の奥が痛んだ。

もしも新堂を愛してしまったら、もう神住に逃げ道はない。急に、それが怖くなる。

まっすぐな視線は、神住から離れない。新堂は、幾分照れたように微笑んだ。

「いいえ。やっぱり、神住さんってすごい人なんだなと思って。俺は、こんなところで食事なんてしたことないけど、わざわざ料理長まで挨拶に来るし……」

「あれは……ここへ来るのは、たいてい義人《よしと》さんといっしょだから。俺自身がすごいわけじゃありません」

慌てたように、神住は言いわけした。

その言葉を新堂は聞き咎《とが》めて、また不思議そうな目を向ける。

「神住さんは、会長のことを名前で呼ぶんですね」

「あ……」

迂闊《うかつ》な失言に気づいて、さらにうろたえた。

「変、ですよね。義人さんとは、まだ俺がアメリカで学生だった頃からの知り合いで、親代わりみたいなものなんです。仕事のこと以外でも、ずっと大切にしてもらっていて。だから、あんな噂が立つのも、俺のせいなんですが」

何ものにも揺るがない力を持つ義人は、くだらない噂など気にするなといつも笑いとばしている。

彼自身は、家族をとても大切にしていて、家庭では常によき夫でありよき父親だった。周囲にも有名な話だから、つまらない中傷に同調する者も滅多にいない。体面を重んじる義人の妻は、あまり面白くはないようだったが、これまで天宮《あまみや》の家に大きな波風が立つようなことはなかった。

それに義人が才能ある人材に投資しているのは、何も神住一人ではない。天宮家の懐の大きさを知る者たちは、噂など歯牙《しが》にもかけないだろう。

もっとも、義人が神住には特別目をかけ溺愛していることは、誰が見ても明らかだ。神住も義人に対しては、ビジネスライクではなく敬意と愛情をもって接していた。

義人を名前で呼ぶのはその表われで、仕事の場面ではそれが出ないように気をつけていたけれど、やはりクセになってしまっているらしい。

「神住さんにとっても、会長は大切な人なんですね」

新堂の声は、ちゃんと神住の気持ちを理解してくれたものだった。

「ええ」

ホッとしてうなずいた。

「うらやましいな」

素直なひと言に心臓が微《かす》かに弾《はず》む。見つめる瞳に、頬《ほお》が淡く上気するのを意識した。

新堂の好意を本当に期待してもいいのか、それとも都合のいい思い過ごしなのか、神住はまだ戸惑うように長い睫《まつげ》を震わせた。

「あの……この間は、本当にすみませんでした。ずっとお詫びすることもできなくて……」

椅子の上で改めて姿勢を正して、深々と頭を下げる。

新堂を諦めるにしろ、もう諦めきれないにしろ、ともかくあの夜のことは謝らなければと思い続けていた。そのきっかけを、神住はいままで探していた。

向かい合った新堂は、困ったようにおもてを曇らせる。

「神住さん、頭を上げてください。俺は、迷惑じゃないと言いましたよ」

さっきの『羽衣』での言葉を、同じように繰り返す。

それが新堂の本心なのはわかった。だからこそ、神住はあの夜のことをはっきりさせておきたかった。

「けれど、あの時、俺はひどく酔っていたし、新堂さんのお仕事の邪魔をしてしまったことは間違いありません」

きっぱりとした態度で謝罪する神住に、新堂も今度は表情を引きしめた。

「わかりました。でも、仕事には大きな支障はなかったし、もう過ぎたことですから、神住さんもこれ以上は気にしないでください」

決して神住を責めるつもりはないのだと、穏やかに告げた。

見交わしたまなざしの先で、やわらかなグレーがもの問いたげに揺らぐ。新堂は、それを見逃さなかった。

「あの時の全部、酔っていたせいですか？　それとも少しは、神住さんが俺を頼ってくれたんだと思ってもいいですか？」

答えることをためらったのは、神住自身の怖れを断ち切れないせいだった。けれども、「迷惑ではない」と言いきった新堂を信じてみたかった。

「俺は、新堂さんが欲しかったんです。誰でもよかったわけじゃありません」

視線をそらさずに答えた。

人恋しさと酔いに任せ、すがってねだって、どれほどの痴態《ちたい》を晒《さら》したか忘れてはいない。あさましい自分を恥じないわけではない。

ただ、初めて出会った店で足元のおぼつかない神住を抱き留めてくれた腕のぎこちないやさしさや、震える背中にかけてもらった上着のぬくもりを知らなければ、あんなふうに無防備に新堂を求めはしなかった。

そして身を焦がすような狂おしい行為のあとも、新堂は変わらなかった。神住を咎めもなじりもしなかった。静かに包み込むように抱いて、眠らせてくれた。

好きになるなと言うほうが無理だ。たとえ新堂がゲイではないとわかっていても、傾いていく感情を止められない。

「いまは……どうですか？　いまでも、俺を欲しいと思ってくれますか？」

核心に斬《き》り込むように、一途に問いかける。

新堂にも、迷いはあった。いくら若いといっても、十代の子供じゃない。人を好きになる情熱だけではどうにもならないものが、世の中にはあることぐらい知っている。まして神住は、世界に名を知られる天宮グループの重役で、母校のＭＩＴが誇る情報工学の天才だった。神住ほどの地位や業績、抜きん出た才能があれば、面と向かってその性癖を非難する者も少ないだろう。しかしそれゆえに、神住の恋人になるべき人間には相応の能力や人間的な品格を要求されるはずだ。

分に過ぎた恋人を得ようとすれば、厳しい評価を受けるのは新堂のほうだ。

刑事という職業を卑下《ひげ》するつもりはない。むしろ、新堂は自分の職務に誇りを持っている。足りないのは、経験と実績だけだった。けれどそれは、どれほど望んだとしても一朝一夕に手に入るものではない。

食事をする場所ひとつでも、こうして神住の日常との差を思い知らされる。いまの神住からは、初めて二丁目で出会った時の頼りない子供みたいな痛々しさは影を潜めている。本来の居場所でゆったりと寛《くつろ》ぐエリートの顔に、余裕さえ感じる。

神住があの夜新堂に抱かれたことを後悔していたとしても、不思議はなかった。険しささえ孕《はら》んで見つめる新堂に、神住はそっと首を縦に振った。

「新堂さんが……欲しいです」

濡れたようなグレーの双眸《そうぼう》が、鮮やかな艶を煌《きら》めかせた。

☆

勢いのようになだれ込んだホテルの部屋で、ドアを閉めたとたん、どちらからともなく抱き合っていた。

「もう少し、二人きりで話をしたい」と誘ったのは神住のほうだったけれど、意味がわからないほど新堂も子供ではない。

重ね合った唇は、互いに思っていたよりも激しく熱をおびた。貪《むさぼ》るような舌先の動きになまめかしく濡れた音が響いて、鼓膜まで刺激する。

スーツの上着越しに薄い背中を撫《な》でまわす掌に、神住は夢中で新堂の袖にしがみついて、せつなげに身悶《みもだ》えした。

「ぁ……ごめ……なさい」

甘く掠《かす》れた声音で謝る。

探りあてた小さな舌を熱心に舐めていた新堂が、問いかけるように熱の灯った目を向けた。

「新堂さ、は……こんなの……嫌じゃ、ないですか？」

「神住さん……」

驚いて唇を離し、新堂は潤《うる》んだ煙水晶のような瞳を覗《のぞ》き込んだ。

「俺は、いやらしくて……こんなふうに、すぐセックスとか欲しがって。女の子でもないのに……新堂さん、軽蔑……しませんか？」

遠慮がちな言葉だけでなく、スーツを握りしめた細い指も緊張して震えていた。

神住が、どれほど新堂に対して自分の性癖を後ろめたく感じているかわかって、胸が痛くなる。

ゲイであることを、神住は誰にも隠していない。慎重すぎるほどの気遣いをみせるのは、いままで女性としか経験のなかった新堂のためだ。初めて抱いた夜も、神住は自分の体を見られることを嫌がった。

かえって、強引に見たがったのは新堂のほうだった。どこまでも真っ白な裸身がきれいで、すみずみまで見つめたかった。確かに男の神住の体に、下腹が痛くなるほど興奮したのも事実だ。

(欲しいと思う気持ちは、同じなのに……)

男と女でも男同士でも、愛しい人を抱きしめたいと思う心に変わりはない。むしろ神住を抱きしめる時、新堂は女を抱くときよりもっと純粋な感情があるような気がする。

猛々《たけだけ》しい欲望さえ、この白い肢体《したい》に浄化されていくみたいで、ひどく敬虔《けいけん》な想いでしなやかな腰を引き寄せた。

「神住さんは、俺を欲しいと思ってくれているんでしょう？」

澄んだ雫に透けるグレーを間近に見つめながら囁《ささや》くと、駆け引きを知らない正直すぎる仕種がこくりとうなずく。

ごまかしも利かないほど神住に求められていると思うと、胸の奥から歓喜がわき上がった。

「なら、欲しいだけ俺を求めてください。軽蔑なんてしません。俺だって、同じように神住さんが欲しい……」

くっきりとした唇のラインをなぞるように啄《つば》んでやる。

すぐに応えるように、華奢《きゃしゃ》な両腕が新堂の首を抱いた。

「新堂さ、ん……」

うっとりと呼んだ吐息が、大胆に絡みついてくる。やわらかな粘膜をくすぐるように動き、しっとりと吸い上げる。

「ん……ふっ……」

洩《も》れる音色も、濃密な気配を含んだものに変わる。

この清潔な男のいったいどこに潜んでいたんだろうと思わせる匂うような色香が、なめらかな肌を薄紅に染めていく。

それに気づいてしまえば、淡い色を覆っているかっちりとしたブルーグレーのスーツが邪魔で、いっそ手荒に剝《は》ぎ取ってしまいたいような衝動に駆り立てられた。

軽い体を横抱きに抱え上げて、ゆったりとしたツインルームのベッドへと運んだ。クリーム色のベッドカバーを引き剝いで、シーツの上に静かに下ろす。

腕をまわしたままで、細くこぼれる息をもう一度奪った。

「んっ……」

尖《とが》った声といっしょに仰《の》け反った胸元から、上着のボタンをはずす。焦った指は、少し手荒だった。

「すみません。俺……ちょっと余裕がないかも……」

神住は「すぐセックスとか欲しがって」と自分を責めたけれど、捜査本部に詰めていて連絡も取れなかったこの一週間、甘やかな肉体の誘惑に餓えていたのは新堂も同じだ。どちらがより欲しがっているかなんて、わかったものじゃない。

それほど、たった一夜の神住とのセックスは新堂を虜《とりこ》にしていた。

男同士の肉欲に溺れることに思っていたほど抵抗を感じなかったのは、それがあまりにも悦《よ》かったからだ。強烈な欲求の前には、理性などたやすく流されてしまう。

それに、どんなふうに抱いて奔放《ほんぽう》に乱れても、神住は可愛い。

昂《たかぶ》りすぎた涙に揺らぐ煌《きら》めきが、不思議そうに新堂を見上げる。

「乱暴だったら、言ってください」

神住を壊してしまいそうだった。心配になって、念を押した。

「あ……」

ようやく新堂の言葉を察して、上気したおもてに危うい艶が滲《にじ》む。

伸ばされた両手が、新堂のネクタイを器用に解いた。

「乱暴でもいい、から……早く……」

無防備に煽《あお》られて、カッと下腹が灼《や》ける。

「神住、さん……」

どんなに若く見えても、新堂よりひとまわりも年上で、恋愛経験もはるかに豊富なはずだ。なのに時々、神住は自分の魅力をわかっていないんだろうかと疑いたくなる。

「どうなっても、知りませんよ」

自棄のように脅すと、無垢な目をして首を縦に動かす。

返事を待つ前に、新堂ははだけた純白の胸に口づけを落としていた。無我夢中で服を脱がし合って、互いの体温を知ろうとした。

シャツ一枚の神住を、待ちきれずにシーツの上に撓《たわ》めた。

「新堂さん……」

ひそめた声音に止められて、見下ろしたほのかな色彩の長い睫《まつげ》が、もうぐっしょりと濡れている。

「明かり……暗くして——」

言われて初めて、部屋の明かりが点いたままだったことを思い出した。気遣うゆとりすらなかったことに、苦笑したくなる。

でも、それは神住も同じだろう。

枕元のパネルを操作して、ルームライトを消す。

「ベッドのほうも……」

「でも、それじゃ……」

真っ暗になってしまう。

神住は、やはり体を見られることにためらいがある様子だった。新堂は小さな頭の両脇に手をついて、哀しそうな瞳を覗いた。

「神住さんは、俺に見られるのは嫌ですか?」

直截《ちょくさい》に問われて、困ったようにグレーの虹彩《こうさい》が揺れる。恥ずかしがっているわけではないことは、その表情だけでわかった。

「新堂さんは……嫌、じゃ、ないんですか? 俺、男なのに……」

「知っています」

答えながら、そっと微笑んだ。

「神住さんが男なのは、ちゃんと知っていますよ。それに、とてもきれいなのも……見ても、いいですか？」

　昂った体の苦しさより、いまは神住の気持ちを大切にしたくて、新堂は辛抱強く待った。無理強いはしたくないし、かといって神住に惨めな思いをさせたまま抱きたくもない。女の身代わりではなく、男の神住の白い肌に欲情しているのだと知ってほしい。

　新堂の真摯《しんし》なまなざしに、細い首がこくりと動いた。

　怯《おび》えさせないようにゆっくりと膝《ひざ》に手をかけ、両足を開かせていく。

　淡い翳《かげ》りが光の中に浮かび上がると、張りつめた爪先がビクンとわなないた。

「神住さん……俺は、嫌じゃないから。神住さんの体、全部好きです」

　穏やかさより、獰猛《どうもう》な欲望さえ潜めた新堂の低い囁きに、迷うような視線が上がる。

　その前に、新堂は自分の劣情《れつじょう》を見せつけた。

「俺がこんなふうになるのは、神住さんのどこもかしこも真っ白できれいだからです」

「うん……」

　神住は初めて、心からホッとしたような愛しそうな笑みを浮かべた。

☆

「恥ずかしい、ですか？」

大胆な形に広げられた下肢の狭間を瞬《まばた》きもせずに凝視している男から、神住は堪《たま》らずにおもてをそむけた。

それがかえって、きれいに紅潮した首筋を挑発的に晒《さら》すことになっているとは気づかない。

初めての夜のぎこちなさをほとんど感じさせない手つきで、艶めいた花芯を解きながら、新堂がひっそりと笑った。

潤滑剤のチューブを渡して、新堂に頑《かたく》な襞《ひだ》を開かせる方法を教えたのは神住だった。けれど実際そうされてみれば、顔に火が点きそうなほどの羞恥に苛《さいな》まれる。

新堂は、「大丈夫だから……きれいだから」と同性でひとまわりも年上の神住の体を褒めてなだめながら、壊れものみたいにやさしく触れてくれる。その行為に決して嫌悪を感じてはいないと知って少し安心したけれど、不安から解き放たれると、抱かれることに慣れた肢体《したい》は限りなく貪欲だった。

挿入されまさぐる長い指の節の位置まで敏感に感じ取って、もの欲しそうに締めつけてしまう。自分の内部がきゅうきゅうと指を食《は》むように動いているのを自覚して、反射的に逃げだしたくなった。

「神住さん……動いたらっ」

「はっ……ぁ、ぁ――ん！」

身動《みじろ》ぎしたとたん、思いがけない深みを抉《えぐ》られて、噛みしめていた唇からとんでもない声が出た。

「あ、すみませんっ」

うろたえたように謝る新堂の腕は、そのくせ華奢《きゃしゃ》な腰をがっしりと抱え込んでしまう。

固く縛められ、いたわるように中を撫《な》でられると、薄い下腹がびくびくと波打った。

「いゃ、ぁ……っ」

強烈な刺激のあとの甘い仕種は、脆《もろ》い性感を一気に極みまで押し流そうとする。

「神住さん、我慢しないでいいです。声も……出していいから」

「いやっ……一人で、やっ……も、早くっ」

一人でイかされるのは嫌だと、舌足らずに訴えた。

自制を忘れて、逞《たくま》しい肩にしがみついていた。

できることなら、あの夜のようなあられもない痴態《ちたい》は新堂に見せたくなかった。三十七歳にもなる男が腕の中で泣き悶《もだ》える姿なんて、ノンケの男から見れば恐ろしく興醒めだろう。

新堂とセックスはしたい。それなしでいられるほど、神住はストイックではない。

けれど、せめてもう少し穏やかに触れ合いたいと思っていたし、そのぐらいの歯止めは利くつもりだった。

今夜は神住はシラフだったし、新堂だってまだ二度目で決して手慣れているとは言えない。

まさか新堂に迷いのない力で強く抱きしめられた瞬間、なりふりかまわないほど身も心も引きずられてしまうとは思ってもみなかった。

ぼろぼろに傷ついて義人にすがるように日本に戻ってきてから、こんなふうに好きになった男はいなかった。失った男以外の誰かを、再び愛せるとは思わなかった。

新堂が好きなのだと、考えただけで胸が痛くなる。

だからこそ、嫌われたくない。きれいだと言ってもらえる姿でいたいのに。

抱え上げられた両足の間に、引き締まった腰が割り込んでくる。浮き上がった背中を強靱《きょうじん》な腕に支えられて、頼りないまなざしを上げた。

そこに眩《まぶ》しいような微笑みがあって、神住は急に泣きたくなった。

「神住さん……力、抜いて……」

そういうところはまだ不慣れで、加減がわからない心配があるんだろう。必要以上に慎重になる。「乱暴だったら」なんて言っておいて、そんな素振りは欠片もみせない。

この男に、どれだけ大切に扱われているかわかる。

丁寧に解かれた襞へ押し入ってくる熱い塊を感じると同時に、こみ上げてきたぬくもりがこめかみをこぼれ落ちた。

「っ、ぁ……神住、さんっ……痛い？」

自身も苦しそうで、息の整わない新堂が問いかける。

小さくしゃくり上げて、首を振った。

「違、っ……うれし、から」

あふれる涙を止められないまま、神住は甘やかな笑みを返した。

一瞬、呼吸を詰めたおもてが、見る見る紅潮する。

「ごめん、なさい……ちょっと、我慢できそうになくて……動いて、いいですか？」

困ったように訊《き》く新堂の大きな背中へ、促すように両腕をまわした。

「いっぱい、動いて、ください……気持ちよくして——」

艶やかなねだり声が消える前に、情熱的な律動が神住を揺さぶった。

灼《や》けつくような屹立《きつりつ》が容赦《ようしゃ》なく最奥を貫き、蕩《とろ》けた粘膜を絡みつかせて退く。ぶつかり合う下肢で、湿った音が聞こえた。

「はっ……あぁんっ……ぁ……いいっ」

殺せない声が唇を衝《つ》いて、もう抑えることもできなかった。

汗を滲《にじ》ませた真摯《しんし》な顔が一途に神住を見下ろしていて、理性などどうでもよくなる。

ただ、この男が恋しくて愛しくて、くぼんだ鎖骨や荒く上下する胸、肩のラインを確かめるように掌でたどった。

そのしどけない手つきに、新堂がブルッと身を震わせて、密着した花芯へ抽送《ちゅうそう》する動きがいっそう執拗《しつよう》になる。

「神住さん、気持ちいい？」

「ん……いい、いいっ……もっと、して」

溶けて混じってしまいたい。

男の腰を挟んだ下半身が、うねるように蠢《うごめ》いた。

ギュッと収縮する奥で締めつけられて、新堂が精悍《せいかん》な眉根を耐えきれないというようにきつく寄せる。

「ごめん……神住さん、もう、保たない」

早すぎる限界を知らせる掠《かす》れた響きに、神住も頬《ほお》を上気させて何度もうなずいた。

「いい、から……中に……かけて、新堂さ……」

恥ずかしいことを口走ってから、ハッと表情を窺《うかが》ったけれど、苦痛を堪《こら》えるように短い息を吐いている新堂に、それを咎める気配はない。

むしろ、熱を孕《はら》んだ双眸《そうぼう》に危うい炯《ひか》りがよぎり、低く呻いてやわらかな襞の内に灼熱を迸《ほとばし》らせる。

叩きつけられる感触は、長く止まらなかった。

「あぁっ……ぁ、はぁ……はっ……ぁんっ」

感じやすい内部を煽《あお》られて、甘い悲鳴を立て続けに放った。触れ合っている下腹の間が、じんわりと温かく濡れていた。

探るように、形のいい指が弛緩した神住を包み込む。

「あっ……や、ぁっ」

剝《む》き出しの神経を直につかまれたみたいで、か細い啼《な》き声を上げた。

「あ……すみません……でも、よかった。神住さんも……」

いっしょにイけたとわかって安堵《あんど》した呟《つぶや》きが、微《かす》かに照れくさそうに神住の耳朶《じだ》をくすぐった。

ぼやけた視界に、漆黒《しっこく》の輝きが映る。

深い夜色の虹彩《こうさい》がきれいで、枕元の明かりを点けたままだったことに逆に感謝したくなる。

無意識に、煌《きら》めく雫が頰《ほお》をすべり落ちた。

「……サラーフ」

唇を衝いた名前に、瞬間、余韻の熱も忘れて凍りついた。

「え？　何、ですか？」

新堂は、気づかなかったらしい。いたわるように頰を拭《ぬぐ》い、驚愕《きょうがく》に見開かれた目をじっと覗き込んでくる。

「神住さん？」

なんでもないと、ゆっくり頭を振った。

はぐらかすように、汗の光る広い胸にキスをした。

（似ている、わけでもないのに……）

混迷する中東の小国に生まれた神住のかつての恋人は、乾いた砂の似合う褐色の肌と鷹のように鋭くどこまでも澄んだ黒曜石の瞳を持っていた。「宇宙の深淵がその中に見える」と、睦言によくからかったことが懐かしい。

英雄の名を持つ長身の偉丈夫《いじょうぶ》には、首長の一族らしい王者の風格があり、もの静かな態度とは裏腹にその水際立った容姿の華やかさはどこにいても人目を惹いた。

同じ留学生でもまったく畑違いの哲学と宗教学を学んでいた男と、神住は不思議なほど誰よりも気が合った。男の腕は、神住を狂おしくたぎらせ、一方では限りなく静謐《せいひつ》な満ち足りた時間を与えてくれた。

共に学び、互いを高め合える至高の存在と、ひとつの魂を分け合うような恋をした。

ずっと、面影を思い出すことすらつらかった。まして、十八年間一度も名前を呼んだことなどない。

それなのに、新堂の腕に抱かれていると、ありありと男の姿が瞼《まぶた》の裏に浮かんだ。

神住を甘やかす穏やかな仕種や声音のせいかもしれない。そして、ひっそりと見守る瞳の夜の色と。

「好き……です」

求めるように絡ませた指の先へも、祈るように唇を押し当てた。

この男のためなら、どれだけ傷ついてもかまわない。もう一度、身を裂くような苦痛を受けることも厭《いと》わない。けれど、絶対に失いたくない。

突き放されたらと思うと、心臓がきりきりと音を立てそうに軋《きし》んだ。

泣きだしそうな神住のおもてを、明るい闇色が間近に見つめた。

「俺も、神住さんが好きです。神住さんの、側にいてもいいですか？」

「側に、いてください……離さないで――」

ためらわずに答えた神住を、強い力が抱きしめた。

☆

二度目の挿入は、さっきよりもゆるやかに訪れた。

新堂にもかなりゆとりが出てきて、捲《めく》れるように襞《ひだ》を擦《こす》られるたび上擦《うわず》った声を立てて啼《な》く神住を細やかに気遣う余裕さえみせた。

「神住さん、痛くない？　奥まで、届くから……もう少し、力を抜いてください」

そんなふうに快楽も焦燥《しょうそう》も見抜かれたように囁《ささや》かれると、無我夢中で抱き合っていた時よりもよけいに恥ずかしい。

「ぁ……やぁっ」

尖《とが》った胸の薄紅を指の腹でやんわりと揉《も》まれて、繋がった下肢があさましく動くのを意識してうろたえた。

「ここ……いいですか？　中が、凄い……絡みついてくる」

淫《みだ》らな様子を伝える吐息が、赤くなった神住の頬《ほお》にかかるほど近い。壊れそうな鼓動で胸が苦しかった。

「新堂さ……もう、動いて」

ひとつひとつ神住の快感を確かめていくような新堂のやり方に、欲望よりも羞恥に耐えきれずに訴えた。

「大丈夫？」

大切にされているのはわかるんだけど。

焦《じ》れったさに、慎重すぎる男の耳朶を引っ張った。

「い、からっ……もう、早くっ」

耳の中に熱い音色を吹き込めば、ドクンと震えた体内の楔《くさび》が明らかに質量を増す。

「あっ……」

素直な男の反応がうれしくて、艶やかに細い腰を撓《しな》らせる。すかさず突き上げてくるタイミングのよさに、嬌声《きょうせい》が妖しくこぼれた。

「アン……ぁ……いっ……はぁ、んんっ」

「神住さん、その声っ」

折れそうなウエストを抱き止めた新堂が、困ったように唸《うな》った。

「なに……？」

夢見心地に蕩《とろ》け始めた淡いグレーは、さらに新堂を困惑させる淫靡《いんび》な色香を湛《たた》える。おまけに口調までひたすら甘ったるく崩れれば、もう年上のエリートの重圧はどこにもなくて、ただただ可愛らしくて愛しいだけになる。

（この人、わかってるのかな――？）

打ちつける肌が悩ましい音を立てるほど、激しい抽送《ちゅうそう》を止められない。

「ぁ……あぁ――っ……そこ、もっと――」

「ここ？　気持ちいい？」

がくがくとうなずく仕種は、小さな子供がねだるのと変わらない。

慎みを忘れて乱れる神住は、凄絶な成熟した色っぽさと不器用なほどの無垢な幼さとが同居していて、新堂を限りなく混乱させ、奔放に誘惑した。

目の眩《くら》むような想いを、たった二晩でどれだけ経験させられたかわからない。

探りあてた場所を深く突き上げ、またぎりぎりまで引きだすと、柔軟な内部がうねりながら搦めとろうとする。

これは男の体だという違和感は、もう微塵《みじん》もない。愛しい者を抱きしめている喜びだけに満たされている。

息を止めて、危うく放出の衝動を堪《こら》えた。

「いや、ぁ……もっと……」

背中にまわされた指が、吹きだした汗をすべらせながら背骨に沿ってむず痒いような愛撫を繰り返す。

無意識の媚態《びたい》に、爪先が引き攣《つ》るほど煽《あお》られた。

せがむように淫らに揺れる真っ白な双丘が、残っているわずかな理性さえも押し流す。

「神住さんっ……いい？　平気？」

訊《き》きながら、つかみ止めたなめらかな両足を肩にかけさせて、二つ折りに撓《たわ》めた芯《しん》へと容赦《ようしゃ》なく根元まで捻《ね》じ込んでいた。

受け止めるベッドの頑丈なスプリングを利用して、抉《えぐ》るような抜き挿しを加えれば、悲鳴を上げた神住の両手が湿った皮ふに爪を立ててくる。

「ひっ……あ――ぁっ！」

「神住さ……つらい？」

手加減しろと頭からの信号が伝わるのに、どこで遮られてしまうのか下半身の貪《むさぼ》る律動はますますオーバーヒートする。

「ひ、ぁん……ふっ……くぅ、ん」

やるせないような啜《すす》り泣きに視線を落としたとたん、きれいに上気した泣き顔に心臓を射抜

かれた。

「すご……いっ……も、いっ……イく」

「神住さん……神住さん……」

あふれてくる涙の粒を、あやすように啄《つば》んだ。

二度、三度と大きく揺さぶって解放を促す。ぎちぎちと締めつけてくる痛みさえ伴う絶頂に、声もなく灼《や》けつく襞の内側へ弾《はじ》けた。

「……くぅっ！」

「……っ」

ほとんど同時に昇りつめて、喘《あえ》ぐ薄い肩を抱き止める。甘い尾を引く極みは、今度は神住のほうが長かった。

ヒクンヒクンとわななく粘膜の中から、そっと抜けだした。

どろりとした白濁が逆流してシーツを濡らす。

「く、んっ……」

またか細い啼き声が、荒い呼吸に閉じられない唇から洩《も》れた。

「神住さん……」

強張った足をシーツの上に戻してやりながら、新堂は動揺して青白い瞼《まぶた》を見下ろした。

大粒の雫を纏《まと》いつかせた鬱陶《うっとう》しいような長い睫《まつげ》が微《かす》かに揺らぐ。

「あ……」

見開かれた淡い煙水晶に、新堂の影が映った。

「ごめん……」

「ごめんなさ……ぁ」

期せずして、互いの口を衝《つ》いた同じ言葉が重なった。

クスリ――

笑い声がこぼれたのもいっしょで、手を伸ばして固く抱きしめ合った。

遠慮するのも心配するのも相手を想うがゆえで、気づいてしまえばどれほど愛し愛されているのか思い知らされる。

求め合った唇は、しばらく離れなかった。

☆

濡れた髪の神住を静かにベッドに下ろして、もう何度目かとっくにわからなくなっているキスを交わした。

「本当に、大丈夫ですか?」

「平気ですから……」

疑り深く問いかける新堂に、神住は耳たぶまで赤くなる。

男同士のセックスにいままでまったく知識もなかった新堂は、内部に直に欲望を受け止めることが体に悪影響を及ぼすのを知らなかった。そうではなくても、衛生面からもゴムを使うことは常識だったけれどまるで思い至らなかったのは、やはり神住相手で緊張しきっていたんだろう。

教えられてからひどくうろたえ、自分で始末できるからと拒む神住を慌ててバスルームへと抱え込んだ。

羞恥と行為の最中からは考えられないほどぎこちない新堂の指にかえって翻弄《ほんろう》されて、泣きすぎた目も重く腫れている。そのせいで、新堂はよけい責任を感じているようだった。

「それより新堂さんこそ、少しも眠らなくて大丈夫ですか?」

恥ずかしすぎてわざと話をそらした神住に、新堂は素直に「はい」とうなずく。そして、何か言いたげにじっと白いおもてを見つめる。

そのまなざしに、神住は軽く首を傾げた。

やわらかに揺れた銀色の髪が雫を煌《きら》めかす。

重なり合う光をうっとりと見つめながら、新堂はためらいがちに口を開いた。

「あの……俺は、神住さんより年下だし、署でも呼び捨てにされるのに慣れてて。神住さんに、新堂さんって呼ばれるの、なんとなく落ち着かないんです。だから、どうせなら名前で呼んでもらえませんか？」

「え？」

言われてみれば、確かに恋人同士になった相手には幾分他人行儀な呼び方だったような気がする。

「克也……」

口の中で新堂の名前を声にしてみて、我ながら舌に蕩《とろ》けそうな響きに面映《おもはゆ》くなって睫《まつげ》を伏せる。

「忍さん……」

耳元で呼び返されて、驚いて振り仰いだ。

過剰なほどの反応に、新堂がとっさに身を竦《すく》める。

「あ……嫌、ですか？　名前で呼ばれるの」

何か気に障ったのかと見つめる男に、大きく頭を振った。

『シノブ……忍……』

愛しさを込めた声に呼ばれて、広い胸に抱きしめられる。その穏やかな幸福を、ずっと忘れていた。

「もう一度、呼んでください」

「忍さん」

静かに呼んで、ベッドに座った神住を両腕で包み込んでくれる。

（サラーフ……）

「克也」

甘やかな感覚に、溺れ込むように身を委ねた。

新堂を、愛した男の身代わりだとは思わない。それでも、失った者の姿を鮮明に思い出すのは、多分あの頃と同じように恋をしているからだろう。

恋しい。いとおしい。せつない――そんな感情を神住に蘇《よみがえ》らせてくれたのは、間違いなく新堂だった。

髪を撫《な》でる手つきだって違う。

そう思ってから、違うのは短く切ってしまった髪のせいだと気づいた。内心にひっそりと笑って、温かな肩に額を押しつけて甘えた。

「少しだけ、こうしていてもいいですか？」

「すみません……俺のほうが慌ただしくて。本当なら、朝までずっと抱きしめていたいけど」

謝る新堂に、強くしがみついた。

「いいえ……抱いてもらえただけで、うれしかった。こんなふうに、触れ合えるなんて思っていなかったから……」

「俺も……忍さんをまた抱けるなんて、思っていませんでした」

どこか照れたような声も、幸福そうに聞こえた。

背中を引き寄せられると、少し早い新堂の心音が聞こえる。羽織っただけのシャツに顔を埋めると、ボディソープの香りに混じった新堂の匂いがした。

「これから、捜査本部に戻るんですか？」

いくら若いといっても、連日深夜までほとんど手がかりのない犯人を追っている新堂が疲れていないはずがない。ようやく与えられたささやかな休息の時間を、こうして神住に会うために使わせてしまったのが申しわけない。その上、よけい疲れさせるようなことまでさせてしまった。

けれど新堂に会えなければ、身も心も持てあましておかしくなりそうだった。この一週間を思って、わがままな自分を恥じながら、誠実な男に心から感謝した。

「ええ……何か新しい情報が入っているかもしれないし」

新堂は、いったん捜査本部に顔を出してから、その足でいつものように現場付近の聞き込みにまわるつもりだった。

眠っていなくても、気持ちが満ち足りているからつらいとは思わなかった。後ろめたそうに見上げる神住が新堂の体調を心配してくれていることがわかるので、よけい疲れた様子は見せたくない。

本当はもっとゆっくり話をして、神住のことをいろいろ知りたい。今夜会いに来たのもそのためで、決して勢いみたいに体の関係だけに溺れるつもりはなかった。出会いからして、お互いの何も知らずにいきなり熱っぽい行為に及んでしまったから、その分も神住の気持ちを大切にしたかった。

それなのに、触れてしまえばお互いに相手にどれだけ餓えていたか知るばかりで、言葉を交わすよりも性急に肌を引き寄せていた。ただそれを、体だけ、だったとは思わない。

今夜に限っていえば、満たされるものは身体よりも心のほうがよほど大きかった。泣いて淫《みだ》らな肉体の許しを請う神住の仕種や表情を見れば、どれほど全身全霊で新堂を求めてくれているかわかるから、もう何もためらう必要すら感じなかった。わななないて待ち焦がれている白い肢体《したい》に、いま与えられるだけのものをすべて与えてやりたかった。

性別とか性癖とか迷う前に、お互いが一番欲しいものを知っていた。それだけで、もう十分だと思う。

何もかも恵まれたように見える神住をこれほどまでに追いつめてきたものの正体を、いますぐに知ろうとは思わなかった。

『……でも、忍はあたしより手強いわよ』

『羽衣』での別れ際、悠は新堂にそう言った。当然、悠は神住の深い心の傷のわけを知っているんだろう。

でもそれは、神住自身の口から聞かなければ意味のないことだ。

焦るつもりもない。それでなくとも、神住とはひとまわりの年の差があった。簡単に埋まるものではないし、端《はな》から頭のできさえ違う相手に無理に背伸びをしても仕方ない。神住とは、じっくり時間をかけて理解を深めていきたい。

「捜査のほうは、進んでいるんですか？」

先日神住が遭遇した三人目の殺し以来、新聞にも目新しい記事は出ていなかった。わずかでも新堂の様子が知りたくて、神住は普段手に取ることもないようないかがわしげな雑誌やネット情報にまで目を通していたけれど、興味半分にでっち上げられたゲイの少年たちの愛欲劇には生理的な嫌悪しか感じなかった。

「いまは、忍さんから預かった例の名刺の男を探しています」

神住を腕に抱いたまま、新堂が答える。

「『ブルーローズ・プロダクション』？」

殺された金髪メッシュの少年からバイトに誘われ、「気が変わったら、連絡してくれ」と渡された名刺のことだと思い出す。

「能代洋《のしろひろし》。三十五歳。『ブルーローズ・プロダクション』の経営者です。プロダクションと言っても、その辺から素人の少年をスカウトしてきてちゃちなAVソフトを作っていたんですが……最初に殺された少年も、そこでバイトしていたらしいんです。おそらく二番目に殺された少年もそうなんじゃないかと……事務所を家宅捜索して、いま、押収したビデオテープも調べているんですが、何しろ本数がやたら多い上に、画像が荒くて。顔を確認するのもひと苦労です」

新堂の声音が、いささかうんざりしたものを滲《にじ》ませる。

「やっぱり、ホモビデオなんですか？」

神住は、少し同情しながら訊《き》いた。

「ええ……あっ、署内で仕事で見てるんですから、何もやましいことなんてありませんから……」

焦って言わずもがなの言いわけをする新堂に、神住はきょとんとした瞳を向け、急にクスクス笑い崩れた。

「神住さん……あの……」

「ええ。わかります」

神住だって聖人君子ではないから、ＡＶぐらいは見たことがある。ことに同じ嗜好《しこう》を持たない相手に、それがどれほどグロテスクなものとして目に映るかはたやすく想像できる。

そうして、バスタオルに包まれただけのしどけない格好で、まろやかな薄い肩を覗《のぞ》かせて無防備に腕の中で笑う神住のほうが、ヘタなＡＶなんかよりよっぽど挑発的で色っぽいのだと、新堂は思わず溜息を吐く。

体ごと引きずられるようにどうしようもなく惹かれてしまうのは、男でも女でもなくこの真っ白な肢体なのだと思い知った。

「ビデオの中には、ホテルや店の中で隠し撮りしたらしいものもあって。しかも、バイトの少年たちに売春させて、盗撮ビデオをネタに客を強請《ゆす》っていた様子があるんです。社長の能代は事務所から姿を消して逃走中ですが、あるいは殺人犯は強請られていた客かもしれません」

　新堂からそう聞かされると、胸を重いものが塞《ふさ》いだ。神住は、アメリカに渡ったときからゲイであることを無理に隠さなくなったけれど、世間にはカミングアウトできない人間のほうがはるかに多いことは知っている。別れたばかりの友永も、その一人だった。子供ができ女性と結婚しても、友永が自分の性癖から逃れられるとは思わない。結婚を決めたとき友永がどれほど悩んだかは、神住にも察しがついたから、裏切りを強く責めることもできなかった。

　神住だって、何も順風満帆でここまできたわけではない。義人との噂はともかく、悪意に満ちたスキャンダルは研究のスポンサーや同僚、学生相手と数えてもきりがない。だから、カミングアウトできない者にとって、世間にゲイだと知られることがどれほどの苦痛と恐怖かはわかるつもりだった。追いつめた相手に殺意を向けたとしても、同情の余地はあった。けれど、未来もあるまだ年若い少年たちを次々と手にかけた冷酷なやり口は、やはり認めるわけにはいかない。

　哀しそうに口を閉ざした神住に、怯《おび》えさせたと思ったのか、新堂が安心させるように微笑んでみせる。

「忍さんが、バイトを断ってよかった」

ほかのことに意識を囚われていた神住は、なんのことかとまなざしを上げて、ふいにバイトの意味に思い当たった。

「あ……」

いまさらながら、いい年をした自分が売春組織に誘われたのだと気づき、複雑な思いにほのかに頬《ほお》が染まる。何人もの男と肌を重ねてきた神住には、それを軽蔑することはできないけれど、愛しいと思う心にだけはいつも誠実でありたかった。

両手を伸ばして、こんな体を心配してくれる男の肩を掻き寄せた。

「もう、克也だけだから……俺を、克也だけのものにしてください」

限りなく甘く敬虔《けいけん》に囁《ささや》く神住のしなやかな背中を、新堂は固く抱きしめた。

「俺の、ものです……もう、離しませんから」

初めての夜、新堂のことを何も知らないまま「離さないで」としがみついてぬくもりを求めてきた。何か深い喪失が、この清冽な美貌《びぼう》と卓越した頭脳を持つやさしい人を傷つけていることがわかって、胸が痛かった。

天下の天宮グループの重役から見れば、およそ物の数にも入らない一介の刑事でしかない自分のいったい何を、神住がそれほど欲しがってくれるのかはっきりとはわからない。しかし、与えられるものなら何もかもすべて与えても、この人の孤独を埋めたかった。

唇を寄せて、洩《も》れるか細い吐息を啄《ついば》んで、ゆるやかに舌を熱い粘膜へとすべり込ませた。

ピチャリ――と濡れた音を響かせて舐め合うと、胸元の熱がふわりと上昇する。

「ん……ふぅ……」

こんな感じやすい体になるまでに、いったい何人の男に磨かれてきたんだろうと思えば、ただでさえ人としても男としても経験の足りない自分をもどかしく感じる。それでも、もう神住を離してやれないのも、誰にも渡したくないのも新堂のほうだ。

そんなつもりもなかったほど深く合わさった唇を解くべきか、それとも再びベッドに押さえ込むべきか迷っている耳に、サイドテーブルの上で振動する携帯の音が届いた。

「……っ！」

さすがに快楽より慣らされた条件反射が勝って、素早く取り上げる。

「はい。新堂……」

ただ、体よりは頭のほうの切り替えが鈍くて、名乗った声音はどこか上の空だった。

『馬鹿野郎っ！　早く来いっ！』

先輩刑事のドスの利いた一喝に、いっぺんで覚醒した。

藤村《ふじむら》から手短に今夜起きた事件のあらましだけ聞きだし、「直接、現場に向かいます」と返事をして電話を切った。

「何か、あったんですか？」

察しのいい神住は、すでに立ち上がって新堂のネクタイやズボンを揃えてくれていた。器用な手に身支度を手伝いながら問われて、こんな時に不謹慎だと思いながらささやかな幸福に胸が躍るのを止められない。

「能代が、自宅近くの路上で殺されました。戻ってくるかもしれないと思って、あっちも張り込んでいたんですが……まるで犯人に警察の動きが全部筒抜けで、裏をかかれているみたいだな」

独り言の呟《つぶや》きに、神住が鋭く目を炯《ひか》らせたことには気づかなかった。

「あの……また、必ず連絡しますから」

慌ただしく上着を羽織りながら、まだ半裸のままの神住の腕を引き寄せた。

唇を合わせると、艶やかなグレーが淡い光を弾く。

「待っています」

穏やかに微笑む神住に見送られて、新堂は後ろ髪を引かれるような思いでホテルの部屋をあとにした。

☆

「やぁ、だっ！」

突然上がった野口《のぐち》の悲鳴に、神住と遠山《とおやま》が同時にそれぞれのデスクのディスプレーからおもてを上げる。

「え？」

その目が、咎《とが》めるように自分を見つめているのを知って、神住は何かしたのかと幾分おどおどと問い返した。

「何、思い出し笑いなんてしてたんですか。いやらしい……」

厳しい口調で責められても、神住にはまったく身に覚えがなかった。

第一、いま画面に表示して眺めていたのは国内のグループ企業の業績で、いやらしいものでもなんでもない。

「え？　俺が……？」

さらに困惑して、確かめるように澄んだグレーの双眸《そうぼう》を軽く見開いた。

好奇心旺盛なまなざしをもう隠さずに、野口がはっきりきっぱりとうなずく。

「ええ。すっごくうれしそうな顔をなさって笑ってました……室長――」

そう呼んで、いきなりデスクから立ち上がった野口に、びくりとした神住が反射的に椅子を後ろへ引いた。

呆然と見ている遠山の目の前を駆け抜けて、ダークブルーのスーツ姿がもう神住のデスクの前に立っている。

「白状してください。何かいいことがあったでしょう?」

身を乗り出してジロリと睨《にら》まれて、しらばくれることもできなくなる。

神住は、口の中で「うん」と曖昧《あいまい》な返事をした。

うれしそうな顔をしていたと言われれば、それは新堂のこととしか思えない。しかしまさか仕事中にニヤついていたなんて、自覚しているはずもない。

だいたい、そんなこと自分でわかったら恥ずかしくていたたまれない。

とはいえ、新堂と相愛らしきものになってから毎日幸せなのは間違いないから、野口の抗議をまるっきり言いがかりとは否定できなかった。

本当だろうかと、自問してみる。なんだかひどくみっともない顔で笑っていたような気がしてきて、神住はあからさまに赤くなった。

「でも……仕事じゃなくてプライベートだから」

勤務中に話題にすべきことじゃないと下手にごまかそうとしても、それで納得する相手ではないことは百も承知だ。

それに、このタイミングのよさはどうも裏がありそうだ。

今朝も一番に神住を最上階の会長室へ呼び出して、あの手この手で私生活のことを訊《き》きだそうとして結局失敗に終わった義人から、野口が何か言い含められているのではないかと疑えば疑えた。

もともと野口も遠山も、神住のために義人に引き抜かれてきた人材だ。裏で義人が手をまわしていたとしても不思議はない。

先日、殺人事件を目撃したばかりだ。失恋して大げさに髪を切ったことでも、義人には心配をかけすぎていた。

この上、新堂とのことをいつまでも秘密にしておくのは、義人にしてみればあんまりな仕打ちかもしれない。かといって、過保護すぎるパトロンが新堂を神住の恋人扱いして戸惑わせるのではないかという危惧《きぐ》もあった。

そもそも義人はゲイでもないのに、神住の恋愛には理解がありすぎる。神住がひとまわりも年下の刑事に恋をしたとしても、反対はしないだろう。むしろ真面目で仕事熱心で、神住のことも真剣に想ってくれている新堂の人柄を知れば、神住同様にその手の内で守ろうとするはずだ。

ただ、それが困る。義人が好意を持つということは、そのまま天宮グループという強大な後ろ盾がつくことになる。エリート志向の官僚志望ならともかく、刑事の新堂がそれを喜ぶとは思わない。もちろん天宮の力を上手く利用する方法もあるだろうけれど、新堂はそんなことは望みもしないだろう。

しかし、義人のことだ。知りたいとなれば、どうあっても探り出すだろう。それに、野口が黙って引き下がるはずもない。神住の恋人のこととなれば、たとえ義人の命令がなくても聞きたがるに違いない。

上司思いの部下に、ひっそりと溜息を吐いた。

「先週から、新しい恋人と付き合っている」

せめてこれ以上新堂にメロメロの締まりのない顔を見られたくなくて、事務的な報告みたいに淡々と告げた。

「ほら、やっぱりっ♪」

くるりと背中を向けた野口が、遠山に目配せする。

(やっぱりグルか……)

神住は、がっくりと肩を落とした。

「参ったな。本当ですか?」

苦笑しながらのんびりと訊《たず》ねる遠山は、少し前まで神住が新堂への想いで悩んでいたことを知っている。

その後の進展を、口には出さなくても気にしてくれていたのかもしれない。

「ああ」

神住は正直に答えた。

「相手は?」

「二十五歳。職業は刑事」

瞳を輝かせる野口に向かって、これで義人にまで新堂の名前と素性がばれるのは時間の問題だろうと思いながら、あっさりと白状した。

「刑事……」

「刑事!?」

どうにも気が合うらしい遠山と野口から、異口同音の声が上がる。

「まさか……例の二丁目の事件で知り合ったとか?」

もちろん、神住と刑事の接点なんてそのぐらいしかないから、遠山じゃなくてもすぐに察しがつくだろう。

「まあ、ドラマティック!　……だけど、二十五歳って、わたしより年下だわ」

眉を顰《ひそ》めた野口を、遠山が面白そうに見た。

「女史より、かなり下だなあ……」

わざとらしく指折り数える遠山の頭に、すかさず神住のデスクの上にあったボールペンが命中する。

「野口くん、備品を投げないでくれ」

注意というより懇願《こんがん》する口調の神住に、シャープなベージュのルージュの唇がおほほ……と笑った。

「で、可愛いですか?」

「あ……うん」

不意打ちされて、馬鹿正直にうなずく神住の表情は蕩《とろ》けかけている。

慌ててだらしない口元を引き締めたけれど、すでに遅かった。優秀な二人の部下は、一瞬も見逃さずににこにこと笑みを浮かべる。

「若くてすごくいい男なんですね……室長って、けっこう面食いですもんね」

決めつけられて、否定もできなかった。

(そういえば、悠にも言われたな……)

『羽衣』で待ち合わせた新堂を引き合わせたとたん、「面食い」と責められた。神住自身には、そんなつもりはまったくなかった。最初に新堂に惹かれたのは、強いて言えば酔った神住を抱き留めてくれた腕のぬくもりとやさしい仕種だった。しかしそれだって、なんだか『体目当て』みたいであまり褒められたものじゃない。

それに、新堂が凄くいい男なのは事実だ。スーツ姿だとすらりとして見える長身は、いかにも実戦的できれいな筋肉がついている。清潔に短く切られた黒髪は前髪だけが軽く額にかかっていて、その下にすっきりとした眉と澄んだ明るい瞳があった。顔立ちはどちらかというと甘めだが、仕事がら褐色に日焼けした精悍《せいかん》な肌がそれをバランスよく補っている。

思い出すとドキドキしてきた。

顔も体も性格も、すべてにおいて新堂は神住の好みだったのだと、いまさら思い知らされる。

（だめだ……やっぱり……）

新堂のことを考えると、とても平静ではいられない。まだ自分で自分の気持ちを持て余しているこんな顔を、誰かに見せられたものではなかった。

「ちょっと、上に行ってくる……」

上手い口実さえ見つけられずに、神住は椅子を立ち上がっていた。

逃げ出すように部屋を出ていく細《ほ》っそりした後ろ姿を、いくらか後ろめたそうに、温かな二対の瞳が見送った。

☆

想いが通じ合ったばかりの恋人とほんの短い時間でも会いたいと、そう思っていたのは神住だけではなかったらしい。

終業時間ギリギリに神住のデスクの直通にかかってきた外線で、好奇心剝《む》き出しの二人の部下の視線に再びうろたえることになった。

『すみません。この時間なら、まだ会社にいらっしゃるかと思って……名刺に直通と書いてあったから、携帯よりこっちのほうがいいかと思ったんですが』

「うん……」

電話越しの遠慮がちな新堂の声に曖昧《あいまい》に答えながら、野口の鋭いまなざしにいかにもわけありげに背中を向けてしまう。

実のところ、この直通番号にかけてくるのは義人か神住のMITでの恩師であるオニール教授ぐらいのものだった。たいていの人間は、神住に用があるときでも野口か遠山経由でまず都合を訊《たず》ねてくる。それだけ、神住の立場は社内でも特別視されていたし、神住を甘やかしている義人の悪癖が社員全員に伝染しているようなところもあった。

従って、直通だろうと電話の相手はバレバレだった。

『いま二丁目なんですが、食事するぐらいですが時間が取れそうなので……もし忍さんの都合がよかったら、いっしょに夕食を食べませんか？』

誘われただけで胸が苦しくなるほど緊張するのは、前に付き合っていた友永《ともなが》やほかの相手とはあまりなかったことだ。

「はい……もう仕事も終わるので、そっちに行きます」

答える声が、震えそうだった。自分でもどうかしていると思ったけれど、意識するほどかえってぎこちなくなる。

新堂と待ち合わせの場所を決めて、野口と遠山に「お先に」と告げて大急ぎで会社を出た。

笑われていたように思えるのは、きっと気のせいじゃないだろう。

神住の会社での仕事は、特にトラブルでもない限り定時上がりがほとんどだった。自身はアフターファイブも会食だ懇親会《こんしんかい》だと二十四時間が仕事のような義人は、神住には残業をさせたがらない。

実際、神住は時間内に必要なことはこなしていたし、資料を集めたり論文をまとめたり、帰宅後のほうが忙しいことも多かった。

一時は、学会の講演やコンベンションで世界中を飛びまわっていたこともあるけれど、三年前に疲労で倒れてからはかなりセーブしている。

繊細な外見どおり、神住はあまり丈夫とは言えないし、過保護な義人は、その時も大事をとって嫌がる神住を一週間も入院させた。

それでもこういう時は、比較的自由に時間の使える待遇がありがたいから身勝手なものだ。

二丁目までは歩いても行ける距離だったけれど、気が急《せ》いていて会社の前からタクシーを使った。

待ち合わせをした店のおもてで立っている新堂の姿を見つけて、慌てて車を降りて駆け寄った。

「遅くなってすみません……」

息を弾《はず》ませて頭を下げる神住の背中へ、新堂は思わず腕をまわしていた。

「いいえ。そんなに急がなくても大丈夫ですから……」

「あ……」

無意識に新堂のスーツの袖を握りしめていたことに気づいて、あんまり子供っぽい仕種に赤くなりながらそっと手を離す。

けれど、抱きしめ合ってキスしたいほどの衝動はお互いに同じだったらしく、間近に覗《のぞ》き込んでくる漆黒《しっこく》の双眸《そうぼう》も熱っぽい艶を滲《にじ》ませていた。

「仕事、平気でしたか？」

わざと吐息が耳にかかる位置で訊《き》かれて、背筋をゾクリと甘いものが這い上がる。

「いまは、そんなに忙しい時期じゃありませんから……それより、克也こそ」

どうやら無理をしているらしい男は、悪戯《いたずら》っぽい目つきで笑った。

「藤村さんには、『彼女か？』って睨《にら》まれました。制限時間つきなので、かえってご迷惑かとも思ったんですが」

こういう場合、食事も刑事仲間でいっしょに出かけるのが慣例《かんれい》らしいことは、神住にも察しがついた。その場で情報交換も行なわれるんだろう。新堂にとっても、経験豊富な先輩の話を聞ける大事な時間のはずだ。

「ごめんなさ……」

「謝らないでください」

反射的に洩《も》れかけた言葉を、新堂が遮った。

「俺が、会いたかったんです」

じっと見つめるまなざしに、素直に微笑み返した。

「誘ってもらえて、うれしかった……」

「よかった」

新堂も、屈託のない笑顔を見せる。

周囲はもう、華やかなネオンが灯っている。通りを行き交う人も増えてきたようだ。湿気を含んだ空気が、雨の気配を感じさせた。

「入りましょうか」

ふと重い雲の垂れ込めた空を見上げた新堂が、振り返って神住を促す。

うなずいて、並んで店に入った。

男同士のカップルも公然と街を歩ける場所だけれど、さすがに新堂の立場を考えればあからさまな行動はできない。ましていまは、事件を捜査している新堂の同僚もこの辺りに集中しているはずだった。どこで見られているかわからない。曖昧な距離を保つことが少し淋しい気分になるのも、友永との関係にはなかったことで、十二歳も年下の男にひどく甘えているみたいで神住を戸惑わせた。

ドアを入ったとたん、独特のスパイスの香りが漂う。

「あの……エスニックなんですが、大丈夫ですか？」

うっかり忘れていて、新堂の腕を引き留めて訊いた。

「ええ。俺はなんでも」

神住らしくもなく舞い上がっているのがわかってしまったのか、新堂は妙にうれしそうに口元を綻《ほころ》ばせる。

場所を除けば、どこにでもありそうなカジュアルなレストランだった。ゆったりとした長方形のフロアに、明るいピンクのクロスのかかったテーブルがゆとりを持って並んでいる。テラコッタの床や淡いクリーム色の壁も暖かみがあった。

心地よい程度のボリュームで流れているのは、エスニックの店らしいラテン音楽だ。

先日のホテルのレストランに比べれば、新堂にもずっと入りやすい雰囲気だった。

ただ普通の店と違うのは、よく見れば男女のカップルがいないことだ。ここは食事をするための店だから当然女性も出入りできるけれど、その場合も女性同士のカップルかグループしかいない。そして、国籍はさまざまでも外国人の姿が目立った。

もの珍しく店内を見まわしていた新堂は、親密そうに掌を重ね合っている女性カップルのテーブルをうっかり目にしてしまって、うろたえて俯《うつむ》いた。

ちょうど食事時のせいか、店はほぼ満席だった。

「克也……」

神住が空いている奥のテーブルへと促す。

すぐ側に、店のオーナーらしい恰幅《かっぷく》のいい髭《ひげ》の男がにこやかに立っていた。知り合いらしくまっすぐに近づいていく神住と、新堂にはまったく聞き取れない言葉で二言三言話し、楽しそうな笑い声を上げる。

男は椅子を引いて、まず神住をかけさせ、向かい合った席を新堂に勧める。

「どうぞ。ごゆっくり、召し上がってください」

席に着いた新堂に、片言の日本語でそういうと、立ち去り際に神住の白い頬《ほお》に音を立ててキスをした。

「あっ……」

驚いて声まで上げてしまった新堂に、神住もびっくりしたように振り返る。

「あのっ……これは、挨拶だから」

いいわけのように上気した顔で呟《つぶや》かれると、咎《とが》めてしまったことが急に恥ずかしくなった。

「あ……そうですよね。ちょっとびっくりして……すみません」

神住の経歴については、あれから新堂も噂話でいくらか聞かされていた。早くから神童と呼ばれていた神住が、学生時代のほとんどをアメリカで過ごしたことも知っている。むこうの生活習慣に慣れていても不思議はない。

「この店には、よく来るんですか？」

話をそらすように訊ねた。

神住は、こくりと首を振る。

「大学の友人にメキシコ人がいて、よく食べさせてもらっていたんです。それで、時々、食べたくなると……」

三十七歳のいまでさえ、これほど庇護欲をそそる神住だ。学生時代にどんなに可愛かったかは、たやすく想像がつく。その気があろうとなかろうと、友人たちはこぞって神住を甘やかしたに違いない。

いまの新堂には手が届かないことだけに、複雑な溜息が出そうになる。

「忍さんって、いまでもMITの教授なんですよね。よくアメリカにも行かれるんですか？」

神住からもらった名刺には、天宮での役職のほかにもMITや学会での錚々《そうそう》たる肩書きが並んでいた。

日本にいる間は滅多にないだろうが、アメリカでいつもあんな挨拶を交わしているのかと思うと、どうも心中穏やかになれない。もちろん、義人と神住がしょっちゅうあの手の挨拶をしていることなんて、新堂は知らない。

「月に一度か、多いときで二度くらいです。俺は、あまり丈夫ではないので、移動が重なると疲れるからと義人さんが心配して……」

またチクリと胸が痛んだけれど、新堂は表面には出さなかった。

神住自身がどういうつもりだろうと、新堂が神住を手に入れるためには、天宮義人という男といつか対決せざるをえないだろう。義人の許可なく、この比類ない天才を自分のものにはできない。

料理が運ばれてきて、しばらく話は中断した。

えびとアボカドのサラダにトルティアのスープ、大皿に盛られたメキシカンライスがテーブルの上に並べられる。

神住にはマルガリータ。新堂の前にはコロナ・エクストラの瓶が置かれた。

髭のオーナーに耳元で何か囁《ささや》かれ、神住は艶やかな笑みを浮かべて、「グラシアス」と男にキスを返した。

まったく無意識の習慣なんだろうけど、新堂にとっては心臓に悪くもあり、ひどくうらやましくもある。この先、神住と付き合うようになれば、自然にあんな挨拶もできるのだろうかと思うと、少しドキドキした。

見つめている新堂に気づいた神住が、「あっ」とグレーの瞳を揺らす。

「あの……ビールは、オーナーから俺の恋人にと」

頬《ほお》を染める神住に耳打ちの内容を教えられて、新堂も動揺した。

てっきり、あの男も神住に気があるのではないかと勘繰っていたから、まさか恋人扱いしてもらえるとは思っていなかった。けれどそれで、神住がうれしそうにお礼を言ったわけもわかった。

神住との恋を、新堂は決して楽観してはいない。もともと男同士の恋愛なんて普通ではないし、周囲にカミングアウトしている神住の場合はともかく、新堂の職場では認めてはもらえないだろう。神住だって、相手が刑事だと知れれば反対するものも出てくるだろう。最大の問題は、やはり神住を溺愛しているという義人だ。

異端の恋を、心から祝福してもらうことは難しい。しかし、この街ではそういうこともあるのだと知った。

神住に、つらい思いはさせたくない。このきれいな、ずば抜けた才能に似合わない控えめな人が、何か大きな哀しみを抱えていることを知っている。それを癒《いや》せると思うほど、自惚《うぬぼ》れてはいない。せめて、神住の欲しがるぬくもりを与えて抱きしめていたいだけだ。ほかに何も望まないから、側にいることを許してほしい。

どんなに困難でも、根気よくひとつずつ理解を得ていこうと思った。神住を不幸にしたのでは、新堂が愛する意味はない。

「乾杯しましょうか？」

囁くと、神住は小さく首を傾げた。

「なんに？」

「忍さんと会えたことに……」

白いおもてが、綻《ほころ》ぶように幸福そうに微笑んだ。

「乾杯」

「乾杯……」

　声を重ねて触れ合うグラスの向こうで、透きとおった煙水晶が薄く濡れて煌《きら》めくのを、新堂はうっとりと見守った。

☆

「明日から千葉のほうへ行くので、しばらく連絡できなくなるかもしれません」

　店を出て、それほど飲んでもいないアルコールの火照りを冷ますように、しばらく並んで歩いた。

　新堂が、清麗な美貌《びぼう》を窺《うかが》うように告げる。

「事件の関係ですか？」

　訊《き》き返す神住の様子は落ち着いていて、なんだかホッとしたようながっかりしたような複雑な気分になった。

「ええ、能代社長が殺された現場にあったタイヤの痕《あと》が、千葉で盗難届けの出ていたレンタカーのものだとわかったんです。そのレンタカーを借りていたのが、偽名を使っていましたがどうやら岸本孝司《きしもとこうじ》らしくて……」

「岸本って、俺が死体を発見した香取篤志《かとりあつし》といっしょにいた髭《ひげ》のあるほうでしたね」

神住は、あとから新聞で読んで知った名前だった。

「はい」

やはり仕事のことが気になって、新堂は幾分引き締まった表情でうなずいた。

「警察は、岸本が犯人だと思っているんですか？」

問いかけた神住の口調がどこか引っかかり、新堂は不思議そうな目を向ける。

「いいえ。まだわかりません。岸本を見つけださないことには……当分は捜査にかかりっきりで、忍さんに連絡する時間も取れなくなるかもしれないけれど」

また気遣うような視線で覗《のぞ》き込んでくる新堂を、さらさらと音を立てそうな銀髪を揺らして神住が見上げる。

「淋しいけれど、事件が解決するまでは我慢します」

潤《うる》んだ瞳にドキンとした。

いつも会いたくて、ひと目でも顔を見たいのは自分だけかと迷っていた。天宮の重職にある神住には、アフターファイブの誘いだって多いだろう。それに外見はどうだろうと、神住はずっと大人だしベタベタした付き合いも嫌かもしれない。そう思って、今夜食事に誘うのだって新堂なりにぎりぎりまで悩んだ。

だから素直に淋しいと言ってくれる神住の言葉が、何よりもうれしい。うれしいし、神住に我慢をさせているのかと思うと胸の奥が苦しくなる。

いきなり細い腕を取って、目をつけたビルの陰に闇に映える明るいグレーのスーツ姿を引き込んでいた。

「っ……克、也」

頼りない声音が、胸元で掠《かす》れる。

きつく抱き竦《すく》めると抗《あらが》いもせず、おずおずと背中にしなやかな両腕をまわされた。

「すみません……しばらく声も聞けなくなるかもしれないから……少しだけ」

ねだるみたいに訴えると、こくんと動いた頬がシャツを擦《こす》る。

上着の上から肌をたどる掌に微《かす》かに震えていた神住が、そっと身を捩《よじ》った。

「克也……胸、苦し……少し、ゆるめて」

「すいませんっ……」

つい力が入りすぎたことに気づいて慌てて解いた腕の中に、危うい艶を含んだ雫が遠い明かりを弾《はじ》いた。

「忍、さ……」

目を離せずに、引き寄せられる。誘う吐息を呑み込み、荒々しく蹂躙《じゅうりん》していた。同じ激しさが求め、引き込むみたいに吸いついてくる。絡めた舌を甘噛みされて、下肢にまで鈍い痺《しび》れが走り抜けた。

押し当てた足に触れる神住は焦がれるように熱くて、くらりと目眩《めまい》がする。

「かつ、や……」

あえかな啼《な》き声が、新堂を呼んだ。

「忍さん……苦しい？」

神住がどれほどその衝動を堪《こら》えていたのかを想うと、戯《たわむ》れを仕かけた自分に舌打ちしたくなる。けれども、知らないままでいることのほうがよほど怖かった。

「は、ずかし……こんなの……軽蔑、しないでくださ……」

途切れ途切れの哀願に、大きく首を振った。

「何言って……俺が、忍さんを軽蔑なんてするはずないでしょう」

「だ、て……や、っ……ふ」

啜《すす》り泣いて、擦りつけるような動きを止められずに華奢《きゃしゃ》な腰がゆらゆら揺れる。布地越しの灼《や》けつくほど滾《たぎ》った熱を感じれば、若い新堂も一気に後戻りできないところまでさらわれる。

「同じです。俺も……忍さんが欲しいの……だから、泣かないで」

確かめさせるように手を取ってズボンの上から触らせると、一瞬怯《おび》えたようにビクンとわなき、なのに離せずにそろそろと撫《な》でてくる。

「忍さん……欲しい？」

耳朶《じだ》に直接届いた響きに、小さく喉《のど》が鳴った。

ベルトにかかった新堂の指に、しかし神住は泣きながら左右に頭を振って強情に拒んだ。

「だめ……誰か……見られたら」

「誰もいません……大丈夫だから」

ビルの外壁一枚隔てた向こうは大勢の通行人が行き交う明るい通りで、すぐ近くで足音だって聞こえてくるのに、新堂はわかりきった嘘をつく。

実際、こんなところでふらちな行為に及べば、不審者を警戒している同僚たちに目をつけられる可能性も高かった。それでも、見られてもいいとまで思ったのは、神住には何より必要なことだと覚ったからだ。

ただ体を重ねるだけでもない。狂おしく求められることこそを、痛いほど欲している。神住の胸に大きく開いて塞《ふさ》ぐことのできない喪失の絶望は、より強く求められることでしか贖《あがな》えないのだと、直感的に理解した。今は強引に欲しがってもいいのだと思う。

「いやっ…ぃ、やっ……俺は、きたない、ゲイだからい、けど……克也を、汚したく、な……」

「忍さんっ！」

自虐的な言葉を吐く神住に、押し殺したまま声色を荒らげた。

「汚くなんかありません。俺は、汚れたりしないから……大丈夫――」

冷たい耳殻《じかく》を唇で挟むように噛んでやり、竦んで動けなくなる小柄な肢体《したい》を、自分の背中で人目から覆い隠すようにして、傍らの壁へと後ろ向きに押さえ込んだ。逆らう気力もないほど強張っているウエストを抱いて、強引にベルトを解いた。

いつから我慢していたのか、もうすっかり湿りをおびている下着を手早くずり下ろし、真っ白な双丘を後ろへ向けて突き出させる。

神住はほとんど抵抗も許されずに、無防備に晒《さら》された恥ずかしい格好に唇を噛みしめた。

こんな扱いを受けたのは初めてだったし、ベッド以外の場所でセックスした経験も数えるほどしかない。それもせいぜいリビングのソファーやバスルームぐらいで、当然屋外で抱かれたこともなかった。

意識は混乱しきっているのに、体の熱はいっこうに冷めない。それどころか、肌を掠める指先ひとつでヘンになりそうなほど昂《たかぶ》りきっている。

「唇、噛まないで……傷がつきます。噛むなら、こっちを……」

頑《かたく》なな唇を開かせて、新堂が人差し指と中指を添えてあてがった。相手を傷つけてしまうことを恐れてゆるんだ歯列から、か細い息が洩《も》れる。

「やっ、声……出る」

「ごめん……忍さん」

甘い悲鳴を我慢できないと啼く神住の口を、惨《むご》いと思いながら掌で塞いだ。

新堂にとっても未知の行為で、それがどのくらい負担になるものなのかわからない。けれど、ほんのわずかも神住を傷つけたくはなくて、濡れそぼって痛々しく張りつめた昂りを確かめ、やさしく下腹をさすった。

せつなげに身を捩る神住が感じているのがわかって、ホッとする。お互いの滴《したた》りだけではまだ潤いが足りなくて、内心に謝ってから唾液で濡らした指で繊細な花弁を解いた。

（きつ……！）

緊張しているためか絡みついてくる力が強烈で、無理やり指を動かすこともできない。焦るばかりで、こんな時どうすればいいかもわからない自分が歯がゆかった。

「忍さん、力、抜いて……気持ちよくしてあげられない」

祈るような想いで、激しい羞恥と異様な感覚に火照りをおび始めた耳を啄《つい》み、ひそめた声をかける。

蕩《とろ》けるように、急に腕の中の四肢がやわらかくなるのがわかった。さらに自分からたおやかな腰を掲げようとするけなげな神住の仕種に、愛しさがこみ上げる。

慎重に指を使って、まだ覚えて間もない感じやすい部分をまさぐり、奥のほうまで綻《ほころ》ばせる。掌にかかる神住の喘《あえ》ぎが、熱く潤んでいた。

「忍さん……っ」

自身も限界に近い呼吸を弾ませ、確かめるように呼んでゆっくりと重なった。苦しそうな姿勢の神住を抱えるようにして、最深までじわじわと穿《うが》つ。

「くぅっ！」

口を閉ざされた神住の喉から、しゃくり上げるような音がこぼれた。

自分でも必死に堪えているんだろう。押さえている新堂の指に次々伝い落ちてくる温かな水滴が広がっていく。

「ふっ……ふ……」

「しのぶ、さん……忍さん、つらい？」

あやすように揺らしながら、こめかみを流れる涙を口づけで吸い取った。

鬱陶《うっとう》しいほどの睫《まつげ》の先で銀色の雫を弾いて、焦燥《しょうそう》を消せないまなざしが、すがりつくみたいに背後を振り返る。その虹彩《こうさい》に映る炎に囚《とら》われた瞬間、新堂の背筋をゾクリと狂おしいものが這い上がった。

マズいと思っても、手加減が利かなかった。手繰り寄せた小さな丸みに密着するまで鋭く捻《ね》じ込んでは、いっぱいに引きずりだす。猛々《たけだけ》しい動きに合わせるようにしなやかな下肢がうねり、熟した粘膜が搦《から》めとろうと顫動《せんどう》する。煽《あお》っているのか煽られているのかもすでにわからないまま、凶暴な悦楽を貪《むさぼ》った。

埃《ほこり》の混じった雨の匂い。遠く響く雑踏の喧騒と、近すぎる互いの息遣い。口を覆う新堂の腕に細い指が爪を立てて、何度も啼き声を詰まらせる。それでも、どちらも淫蕩《いんとう》な律動を止められずに、深く繋がり合った場所で次第にぬかるんだ音が高くなる。

「忍さ、ん……ごめっ……」

離してやれないと、うなじにかかる火傷しそうな囁きにも、不自然に爪先立った細腰は、ただ甘やかに誘うように身悶《みもだ》えした。声を奪われている分、焰《ほむら》を秘めた純白の肌はかえって雄弁に求めてやまない。

抱きしめて荒い鼓動を重ねて、さらさら弾む銀髪となまめかしく上気した頬へキスの雨を降らせた。誰かに見られたらという不安は、どこかへ消し飛んでいた。ひたすら頂点を目指して、互いに淫《みだ》らな下半身を薄闇の中で蠢《うご》かす。

包み込むように数度扱《しご》いた新堂の手の中で、とろりとした蜜があふれた。びくんびくんと絶頂にわななく神住の中から楔《くさび》を抜き取ったせつな、まろやかな双丘の狭間を新堂の熱が流れ落ちた。

☆

ぱらつく小雨から庇《かば》うように、新堂は華奢《きゃしゃ》な肩を抱きしめていた。まだ足元のおぼつかない神住を見れば、人目なんか気にしていられない。

むしろ、うろたえているのは神住のほうで、腕の中から何度も「離してください」と訴えてくる。その声が妖しいほどの艶を滲《にじ》ませているから、なおさら一人で歩かせる気にはなれなかった。

「弱ったな。タクシーがつかまらない……」

次第に雨足の早まり始めた空模様のせいか、近くを流しているタクシーはどれもすでに客を乗せている。

それに、新堂が藤村と約束した時間も近づいていた。本当はタクシーを使わせることさえ不本意で、できればマンションの部屋まで神住を送り届けたいくらいだけど、どうやらそういうわけにもいかない。

新堂の事情を察している神住は、遠慮もあって支えている腕からすぐに逃げようとするから、よけい強引に抱え込むはめになった。これじゃ、嫌がる相手を拉致《らち》しているように見えなくもない。不審尋問を受けそうだ。

さっきまでの行為を神住がどれほど恥ずかしがっていたかわかって、場所も選んでやれなかったことをひどく後悔した。

「克也……」

とうとう通りの端で立ち止まってしまった神住が、思いつめたように新堂の袖をつかむ。

「仕事に行ってください。俺は……大丈夫ですから」

「けれど……」

向けられた澄んだ笑顔に、声を失った。

「駅まで歩いて、タクシーを拾います。心配しなくても、まっすぐ家まで帰りますから……」

新堂の不安など、とうに見抜かれていたらしい。そう言われれば、保護者の必要な年でもない神住を無理に引き留めておくこともできなかった。

「本当に、大丈夫ですか？」

しつこいように念を押してしまったのは、立位で及んだセックスが想像以上の負担を神住にかけてしまうことを知ったからだ。

訊《き》かれた意味に気づいた神住も、カーッと頬《ほお》を紅潮させる。

「少しつらいけど、ゆっくり歩けば……それに、うれしかった」

ぽつりと洩《も》れた言葉は、神住の本心であることを疑わせなかった。抱きしめて求めたことは間違いではなかったと安堵《あんど》して、新堂はようやく明るい微笑みを返した。

「わかりました。ここから、仕事に行きます。気をつけて帰ってください。それから……」

迷ったものの、やはり確かめずにはいられそうにない。

「無事に着いたら、携帯にメールもらえませんか。面倒かもしれませんが」

神住を信用しないわけではないが、こんな状態で一人で帰らせてしまうことに責任も感じていた。新堂が安心するためだけに神住に手間をかけさせるようだけれど、このままでは仕事中も落ち着かない。

「面倒なんかじゃありません。心配してくれて、ありがとう」

ふわりと綻《ほころ》ぶ神住の笑みがあんまり可愛らしくて、思わずまた両手を伸ばして背中を引き寄せていた。

「早く事件を解決して、ちゃんと忍さんに会いに行きますから……」

「ん……」

うなずく唇を、掠《かす》めるようにキスが触れた。

「じゃあ……」

振りきるように身を翻《ひるがえ》して、腕時計に目を向けた新堂は大慌てで走りだす。

見る見る遠ざかっていく後ろ姿を見送って、薄い唇からやるせない溜息がこぼれた。

全身をきりきりと張りつめ、爪先立つようにして新堂の硬い充実を咥《くわ》え続けた。いまも体の芯《しん》は熱をおびて、全身がだるかった。それに、いつ誰に見られるかもわからない緊張が奇妙な興奮に肌を火照らせて、まだざわめくような感覚が消えない。

でも、あさましい衝動が堪《たま》らなく恥ずかしかったのに、温かな腕に抱かれて満たされるとささくれ立ったものが溶けて流れるように幸福だった。いつまでも繋がっていたいと思うほど、ただあの熱に焦がれていた。

掌に声を奪われたまま「もっと深く……」と強欲にねだっていたことを、新堂は多分知っていたはずだ。

欲しがるだけ与えてくれる、男の情が苦しいほど愛しい。やはり《似ている》のだと、認めないわけにいかなかった。

『忍さんと会えたことに……』

そう言って、グラスを合わせた。二度と抱きしめられないはずだった魂とめぐり合ってしまった運命の悪戯《いたずら》に、そら恐ろしいようなものさえ感じる。

ひそやかな雨音がアスファルトを叩き始める。かつて愛した男が慈しみ何度も指を絡めた髪をそっと撫《な》でれば、冷えた雫が指先を濡らした。

髪を切り落としたのは、いったいなんのためだったのだろう。なぜか思い出せない。引き換えに手に入るものを望んだわけでもなかったのに。

けれどもう、新堂を手離せない。十八年前に闇に投げ捨てることを許されなかった身も心も、いまは確かに新堂のものだった。

目眩《めまい》のするほど幸せで、だからずるいほど怯《おび》えている。

約束を果たすために駅のほうへ歩きだした神住の行く手を、雨と夜の匂いを纏《まと》った影が遮った。

☆

「よくお会いしますね。それとも、あなたのテリトリーに、俺が入り込んでしまったのかな。神住さん」

雨に滲《にじ》んだ瞳の鋭さに、冷やりとする。喉元《のどもと》を、尖《とが》った氷の塊がすべり落ちていくようだった。

(見られ……た——？)

別れ間際の短いけれど濃密な情交のせいで、新堂も神住もつい無防備になっていた。人目のある場所で体を寄せ合い、あまつさえ情のこもったキスまで交わしたことを、思い出して臍《ほぞ》を噛む。

弓木正弘《ゆぎまさひろ》は、唇の端を歪めて笑った。

「さっき走っていったのは、新堂くんですね」

確かめるまでもないという口ぶりだった。ビルの陰での密かな行為はともかく、いっしょにいたことを見られていたのは間違いない。

弓木がどういうつもりで声をかけてきたのかわからないから、よけい警戒した。

「ええ」

否定する意味もないので、正直に返事をした。

切れ長な双眸《そうぼう》が、嬲《なぶ》るみたいな色を浮べる。

「隠さないんですね」

「隠さないといけないようなことは、何もしていません……と言っても、通用しないんでしょうね」

神住自身も、もちろん新堂だって、お互いにやましいようなところはまったくない。真摯《しんし》な関係だった。しかし、世間ではそれさえも認めてはもらえない。公僕《こうぼく》である新堂の立場はなおさら、わずかな背徳さえ許されないはずだった。

「ゲイの男と付き合っているなんてバレたら、克也はどうなるんですか?」

あからさまな質問に、弓木は目を丸くして面白そうに忍び笑う。

「プライベートで誰と付き合おうと、咎《とが》める筋合いはありませんよ。もちろん、出世はできないだろうが……」

出世どころか、職場にもいづらくなるだろう。スキャンダルになる前にどこか僻地《へきち》に飛ばされ、引き離されてしまうかもしれない。

新堂がどこへ配属されようが、神住には追っていくこともできたけれど、それは逆に新堂を追いつめることにしかならないだろう。

いずれにしろ、弓木の出方がわからなければ対処のしようもない。それに、本庁の捜査一課に所属する弓木は、新堂の直接の上司というわけでもない。

執拗《しつよう》なまなざしが、雨に濡れる神住の銀色の髪から足元までを往復した。まるで体を値踏みされているみたいで、漠然と不愉快な気分になる。

「もっとも、天宮の重役を恋人に持つのなら、わざわざ出世に血道を上げる必要もないかな」

下世話な言われ方に、尖《とが》った神経を逆撫でされた。

とは言え、弓木の言うとおり、出世や金目当てに神住に近づく人間は掃いて捨てるほどいたし、神住はそういう連中を軽蔑していた。あの純粋な新堂を、それと同じレベルに並べられたくない。

「克也は、俺の地位には興味を持っていません」

敵意を隠さない神住に、弓木はますます人を食った笑みを深くする。

「それは、珍しいタイプだな。じゃあ、いったい彼は、あなたの何に興味があるのかな？」

わざとらしく訊《き》き返した男の目は、つい今しがた整えたばかりのスーツの下の神住の淫《みだ》らな肢体《したい》を見透かしている。

会えばぬくもりばかり求めようとするのは神住のほうで、新堂は神住の気持ちを何より大切にしてくれる。そんな怒りよりも先に、ゾクリと背筋が冷え、本能的な危険を察知した。

（やはり、近づくべきじゃない……か）

初めて会ったときから、弓木の何かを押し殺したような暗い瞳が少し怖かった。素性を知ってからは、その剣呑《けんのん》な炯《ひか》りを刑事という職業がらだと納得していたけれど、同じ刑事でも新堂からは燻《くすぶ》るような焦燥《しょうそう》など感じない。

弓木が視線の先に追っているのは、見えない犯人なのか、それとも……。

「弓木さんは、俺の地位に興味があるんですか？」

口にしてから、よけいなことだったとすぐに後悔した。

神住を見つめるものが、いっそう粘い気配を孕《はら》んでまとわりつく。目をそらせば得体の知れない何かが牙を剝《む》きそうで、気力を奮《ふる》って睨《にら》み合った。

先に目をそらしたのは、意外にも弓木のほうだった。

「よしましょう。俺には、天宮の重役を脅すような度胸はありませんよ。それに、新堂くんは可愛い後輩だ。今夜見たことは、誰にも言いません」

あっさりと引かれて、かえって疑うように弓木を見た。

「あなたを信用していいんでしょうか」

この男の言葉を、信じられるような気はしなかった。

偽りのない神住の表情に、弓木は楽しそうに苦笑する。

「そんなに、新堂くんが心配ですか。じゃあ、口止め料に一杯付き合いませんか？」

「勤務中じゃないんですか？」

捜査本部に詰めている間は、いつ何時呼び出しがあるともわからないので、新堂は極力アルコール類は口にしないようにしているらしかった。ところが、弓木は初めて『G－BOX』で会った時から飲んでいた。

「刑事だって、二十四時間働いているわけじゃありませんよ」

弓木の言うこともわかるが、あまりいい印象は受けなかった。それでも、口止め料と言われれば、神住に選択の余地はない。

新堂とまっすぐに家に帰ると約束したのに、外からメールを打つことになりそうだった。でもこのことは、たとえ新堂にも言えない。

またいくらか強くなってきた雨の中を、先に立って歩く男の背中を追いながら、だるい体の奥に揺らめく熱の名残に、神住は微《かす》かな吐息をこぼした。

地下へ続く階段を下り始めたとき、ザーッという音とともに本格的な雨が降り始めた。段の半ばで足を止めて振り返った弓木が、ネオンも霞むほど暗い外に目を向ける。

「危うく降られるところだったな。神住さんもけっこう濡れていますね。寒くないですか？」

硬い表情で首を振った神住に、口元を淡く綻《ほころ》ばせる。

「別に、とって食おうなんて思っていませんから、そんなに警戒しないでください」

神住を脅して連れてきたくせに、勝手なことを言う。

表に看板も出ていないし、黒一色に塗りつぶされた地下一階のドアにもなんの表示もない。神住は、初めて来る場所だった。もっとも二丁目でもあんまり怪《あや》しげな場所には、あえて出入りしていない。

弓木は慣れた様子で、ためらいもなくドアを開ける。

店の中はひどく暗い。ほのかな照明の中にカウンターが見えたが、そこで飲んでいる客の姿はなかった。年配のバーテンが一人でグラスを磨いていて、入ってきた弓木にひっそりと頭を下げる。

弓木は案内もされずに、神住を奥のテーブルへと連れて行った。

カウンターの向こうに、間仕切りのあるテーブル席が四つばかり並んでいた。人の気配は感じるけれど、暗すぎて中の様子はほとんどわからない。

前を通り過ぎるとき、ひとつの中で白い影が蠢《うごめ》いていたように思えて、逃げ出したいような心細さを感じた。

「暗いから、足元に気をつけて」

神住の不安を見抜いているように、嫌な笑みを含んだ声音が親切めかして囁《ささや》く。

くたびれたソファーに腰を下ろすと、急に目の前に手を伸ばされて全身が総毛立った。

「濡れているだろう。上着、脱いでかけておいたほうがいい」

クスクスと喉《のど》で笑い声を立てる弓木に、嬲られている。

幾分迷ったが、思ったより雨に当たっていた。濡れたものを着たままだと風邪をひきそうだ。勧められたとおり、上着を脱いで弓木に渡した。たったそれだけで、何か新堂を裏切っているような想いに胸が塞《ふさ》ぐ。

「あんまり噂もあてにはならないな」

L字型のソファーの隣に座った弓木が、闇に映える白い横顔を間近に見つめながら呟《つぶや》いた。なんのことかと上げた神住の目に、半分影に沈んだ男のおもてが映った。

「男をとっかえひっかえ遊んでいるという話だったのに、案外すれてない。こういう店は初めてですか?」

悪意に満ちた中傷を、神住もまったく知らなかったわけではない。しかし、面と向かって口にするような不躾《ぶしつけ》な相手は滅多にいなかった。

「弓木さんは、よく来るんですか？　前に、『G－BOX』でも俺を誘いましたよね」

逆に訊き返した。

弓木の態度は、昨日今日この店を知ったようには見えなかった。カウンターにいたバーテンとも、視線だけで通じるほど昵懇《じっこん》らしい。

神住には、弓木が同類だということは、最初に会った時からわかっていた。長い間この世界にいると、仲間の持つ雰囲気には敏感になる。むしろ本庁の刑事だと知って、そのことのほうに驚かされた。

「公然と出入りできるような立場ではないのでね。ごくたまにですよ」

やはり不自由な環境らしく、鬱屈《うっくつ》したものを瞳に滲ませて笑う。

ソファーの上の緊張した細い手の甲を、乾いた指が静かに撫《な》でた。反射的に引こうとして、思いがけない力につかまれる。

「新堂とは、何度寝たんです？　いまも、抱かれてきたんですか？」

わざと辱めるような下品な質問に、怒りをあらわにして睨み上げた。

「あなたに答える理由はありません」

「じゃあ、俺は勝手に想像しますよ」

冷たいくせに、虹彩《こうさい》の翳《かげ》りの中に消せない焔《ほむら》のような熱がある。それが、神住には肌が粟立《あわだ》つほど恐ろしい。

「新堂に組み敷かれて悶《もだ》えるあなたは、とてもきれいだろうな。真っ白ですべすべした尻を突き出して、あいつを誘うんですか？　どんな声でねだるんです？　この唇で、あいつのでかいのを咥《くわ》えたんでしょう？」

吐息も触れるほどの位置から覗《のぞ》き込んで卑猥《ひわい》な言葉で挑発する男に、否定するようにしなやかな銀髪を左右へ揺らした。

悪趣味な男の思うつぼだとわかっているのに、外気の中で立ったまま新堂を貪《むさぼ》ったついさっきのあられもない行為が肌を火照らせる。

無理やり開かせた掌をくすぐるようになぞっていた長い指が、ふいに離れていく。

いきなり解放されて戸惑った神住は、無言でテーブルの上に置かれる水割りらしい薄い琥珀《こはく》色の透けるグラスにようやく気づいた。

トレーを持ったバーテンが、テーブルの向こうに立っていた。店の中で繰り広げられる痴態《ちたい》には慣れているのか、眉ひとつ動かさない。

「用があったら呼ぶよ」

低い弓木の声音に、うっそりと頭を下げて去っていく。

ソファーの端で、神住は全身を硬くしていた。

逃げ場所はない。おそらく泣いても叫んでも、店の中の誰一人見向きもしないだろう。こんなところまでついてきてしまったことを後悔しながら、どこかでこうなることがわかっていたようにも思う。

「飲みなさい」

そう勧める弓木の手元には、丸い氷の入った背の低いロックグラスがあった。口へ運びながら、細めた暗い炯りが神住を窺《うかが》っている。

冷えた雫をまとったグラスに、神住は手を出さなかった。

ふっと、冷酷な唇が綻ぶ。

「賢明ですね。何が入っているか、わかりましたか？」

訊かれて、緊張したままぎこちなく首を振った。薬物にはあまり詳しくはなかったが、ロクなものでないことは想像がついた。

「俺には、力ずくで飲ませることもできるし、新堂のネタを使って脅すこともできる……」

呟いて、フフッと掠《かす》れた息を洩《も》らす。

剣呑なまなざしの先で、たおやかな肩がぴくんと身動《みじろ》いだ。

「まあ、やめておきましょう。嫌がるものを無理に飲ませるのも興醒めだ。それに……」

ホッとしかけた神住を、さらに総毛立たせるような非情な気配が縛りつけた。

「クスリなんて使わなくても、十分感度はよさそうだ。新堂に、言いわけもできなくなる」

今度こそ容赦《ようしゃ》ない力が、握り潰せそうな手首をつかみ、もがく体をやすやすと腕の中へとらえる。もともと刑事という仕事で日常的に鍛《きた》えられた体力を誇る弓木に、非力な神住が敵《かな》うはずもない。

「ひっ！」

シャツの上から胸をまさぐられ、小さな粒を残酷に揉《も》まれた。

「あうっ……あぁっ！」

悲鳴を、殺せなかった。新堂に抱かれる間もやさしく愛撫されていたそれは、布地に触れても感じるほどすでに尖りきっていた。

「ずいぶん、淫乱《いんらん》な体なんですね……ああ、新堂くんに弄ってもらってたのか」

理由を納得して、耳の裏側に濡れた音がするほど濃密に唇を這わせる。

「はっ……ぁ、っ……」

背中からきつく抱き込まれ、苦しさに喉を喘《あえ》がせた。

片手で感じやすい突起を捏《こ》ねながら、もう一方の手がズボンの内腿を撫で上げて、狭間をゆるやかにたどる。見つけた場所を、人差し指で強く押した。

「くぅっ！」

脆《もろ》くなっている粘膜へ、男の体温がじりじりと食い込んだ。

「やっぱり、ここが好き、みたいですね。いいんですか？　俺みたいな男にそんないい顔を見せて……」

からかう声も、歪んだ欲望にねっとりと絡みつくみたいで、なのに逃れようと下肢を捩《よじ》るほどかえって押しつけられた指に刺激されて自分を追いつめてしまう。

異常な状態で新堂に抱かれた時からずっと張りつめていた性感は、怖くて堪《たま》らない男の手にさえ呆気なく火を灯した。

「MITの天才博士は、男にレイプされたことなんてありますか？　まわりからちやほやされて、天宮グループの会長に溺愛され、甘やかされて……痛い思いなんてしたことはない？　そういえば、新堂もやさしそうだな」

嫉妬《しっと》と憎悪に炙《あぶ》られた闇の色が、透きとおる神住の肌を灼《や》いた。

「あんたのおきれいな体を、引き裂いてやりたくなる」

地の底を這うような響きに、ゾッとした。振り返った瞳に残虐さと快楽に蕩《とろ》けた表情が映り、そのおぞましさに体の芯《しん》がスーッと冷えた。

無我夢中で抗《あらが》った指が、男のこめかみから頬を掻《か》き毟《むし》った。

驚いたように腕の力がゆるみ、神住は震える手でソファーを伝うようにしてその中から逃れ出た。

ドスンと背中が壁に当たって、その先へは逃げられない。絶望が、目の前に濃い影を落とす。

「俺をレイプしたら……あなただって、ただで済まさないっ！　弓木警部補——」

神住の肩へ伸ばしかけた手が、ビクンと止まった。

黒い炎にギラついていた双眸《そうぼう》から、熱が消える。血を滲ませる顔面を大きな掌が覆った。

くっくっ……と、こぼれたのは虚ろな笑い声だった。長身が、ゆっくりと後ろに退いた。

「行けよ……今夜は、あなたの世界へお帰りなさい」

顔を隠したまま促されて、神住は一瞬戸惑い、けれどよろめくように立ち上がって上着を取り、男の前を走り抜けて店を飛び出した。

☆

「倒れたというのはどういうことだ？　本人がなんと言おうと、大事を取らせなさい。なんなら、総合病院に運んでちゃんとした精密検査を……」

ドアの前でクリニックの医師と押し問答する声に、ベッドに押し込まれている神住は小さく溜息を吐いた。

一人の部屋にいたくなくて、少し熱があるのを承知で出社した。倒れたというのはかなり大げさで、立ちくらみがしてふらついたぐらいだが、それを運悪く遠山と野口の二人に見咎《みとが》められてしまった。すぐに地下一階にあるクリニックに連れて行かれ、神住の立場をよく知る顔馴染みの医師にしばらく安静を言い渡された。

こんなみっともないことになるなら、一日家で大人しく休んでいるべきだった。軟弱な心も体も恨めしい。弓木とあんなことがあった後で、神住はなおさら自己嫌悪に陥っていた。もっとも休めば休んだで、その理由を心配されるのだけど。

たちまち血相を変えた義人が、ベッドの置かれた別室へ飛び込んでくる。

枕の上から澄んだグレーの瞳にじっと見つめられて、いくらかホッとしたらしく、バツの悪い表情で微《かす》かに笑った。

「騒がしくしてすまない。具合は、どうかな？」

入り口に立ったままそっと訊《き》かれて、神住は上体をベッドに起こそうとした。

「ああ……寝ていなさい。貧血を起こしたんだろう？　また気分が悪くなるといけない」

毛布の上から押さえ込まれて、青白いおもてでひっそりと微笑んだ。

「ご心配をおかけして、申しわけありません」

「そう思うなら、わたしをびっくりさせないでくれ。君は見かけによらず、我慢強いところがあるからな。調子が悪い時は、早めに休みなさい」

心底せつなそうに訴えて、乾いた大きな掌が慈しむように銀灰の髪を撫《な》でた。

ゆうべ脅かされ続けたせいで、無意識にビクリと震える。それをなだめるように義人の手は穏やかに動いた。

「何があった？」

静かな問いは、神住の変調が精神的なものだとひと目で見抜いている。しかし、いくら義人にでもレイプされかけたなんて打ち明けることはできない。

頑《かたく》なに口を閉ざす神住に、義人は甘やかすような笑みを含んだまま、少々困惑気味に眉を顰《ひそ》めた。

「新しい恋人もできたんだろう？　なかなかの好青年だと聞いたから、今度は少し安心していたんだが……君をそんなに悩ませるようなら、考えを改めるべきかな」

先日、野口たちに追及されて神住の恋人が刑事だと白状したために、もう新堂の素性は調べられてしまったんだろう。

そうやって何も言わなくても、いつもわかっていてくれる。確かにプライベートの侵害だと咎めることもできるけれど、神住から愛する男を奪ってしまった責任の一端が自分にあると思っている義人は、神住の幸せを誰よりも願っていてくれた。

それに、神住を無用な中傷やスキャンダルから守ってくれていることも知っている。甘やかすのが大好きな男に、神住だってたっぷりと甘えていた。

「克也のせいじゃありません。だから……彼を責めないでください」

実際、義人が新堂に何かするとは思わない。神住の恋愛に関しては、常に見て見ぬふりを通してくれた。

ただ、愛しい男をこの親代わりのパトロンに悪く思われたくないと感じたのも初めてのことで、そして恋人の話をしたのも十八年ぶりかもしれない。

わずかに目を瞠《みは》って、端整なおもてが蕩《とろ》ける。

「彼が、好きなのか?」

「はい」

素直な仕種でうなずいた。

こめかみに置かれていた手は、ひたすらやさしく神住を包んだ。

「忍くん……自分の気持ちを大事にしなさい。幸せが欲しいなら、手を伸ばしなさい。恐れてはいけない」

「はい」

従順に返事をする神住に、義人は軽く首を捻《ひね》った。

「まだ、気がかりなことがあるかな?」

どうやら神住の不安が新しい恋人とは別のところにあるらしいと気づいて、身を乗り出してくる。

迷うように揺らぐ淡い水晶は、それでもさっきより本来の落ち着いた色を取り戻している。

「君は、頑固だからな」

無理に訊きだすことは諦めた。

「騒ぎにしたくないんだろうが……わたしにできることがあれば、いつでも言いなさい。君が思っているよりも、わたしは案外役に立つ男だよ」

人も物も金もすべて意のままに動かしている天宮グループの会長に控えめに囁《ささや》かれて、神住はクスクス笑い声を響かせた。

「はい」

義人に頼れば、弓木をねじ伏せることもたやすい。けれどもそれでは、新堂にも何があったかわかってしまうだろう。知られたくない。まして、脅されて陵辱《りょうじょく》を受けかけたなんて、新堂が知れば心を痛めるだろう。同じことを繰り返すのを恐れて、神住から離れて行くかもしれない。そのほうが、弓木に脅迫されることよりも怖かった。

ゆうべのあれで、終わりだとは思わない。簡単に解放されたことこそ、神住には不思議だった。

暗い焦燥《しょうそう》を宿して神住を見つめた、男の目が忘れられない。痛い思いをしたことがないのだろうと、理不尽に責められた。他人から見れば、神住の境遇がどれほど恵まれ、羨望や妬《ねた》みの対象になるかもわかる。でもだからこそ、最も愛したものと引き裂かれなければならなかった神住の痛みは誰も知らない。

ようやくこの手に取り戻した安らぎを、二度と失いたくはない。新堂のために、神住は自分の手で弓木とのケリをつけるつもりだった。

『出てきてくれますね。あなたは、俺に逆らえないはずだ。ホテルは……』

☆

神住の携帯に弓木からの連絡が入ったのは、その日の夜だった。一昼夜すら間を置かなかったことに、弓木の焦りを感じた。

終業時間を過ぎてから、指定された西口のホテルへ向かった。エレベーターで三十五階に上がり、教えられた部屋のドアベルを鳴らす。

すぐに内側から扉が開いた。

覗《のぞ》いた弓木の顔は、どこか憔悴《しょうすい》して見えた。爛《ただ》れたような気配が男の全身を覆っていて、昨夜よりもいっそう剣呑《けんのん》なまなざしが神住を舐める。頬《ほお》には、神住がつけた傷の上から肌色の絆創膏が貼られていた。

強いアルコールの臭気が鼻を衝《つ》いた。

とても、本庁捜査一課の辣腕《らつわん》刑事の姿とは思えない。何かが、弓木の中で大きな歪みを生じている。それは、神住と初めて『G－BOX』で出会った頃からすでに、この男を内側から密かに蝕んでいたのかもしれない。

反射的に怯《おび》えて爪先まで強張らせた体を、ドアの中へ引きずり込まれた。いきなり酒臭い息に唇を塞《ふさ》がれ、やわらかな粘膜へ強引な舌が捻《ね》じ込まれる。

「ん……んーっ……」

凄まじい力で背中をつかまれ、逃れることもできずに、神住は弱々しく分厚い男の胸を叩いた。

ようやく離された時には、目の前が暗くなって、肩を喘《あえ》がせ浅い呼吸を繰り返した。

まだ身動きできない細い体を、軽々と抱えた男が部屋の奥へ運んでいく。乱暴に投げ出されて、ベッドのスプリングに背中が弾んだ。

ベッドカバーもかかったままのそこへ、余裕のない分厚い胸に組み敷かれる。

「離してください……いやっ、だ！」

ボタンを引きちぎるように上着を剝《は》ぎ取られた。

弓木は、恐ろしいほど凶暴だった。最初の頃に見せた紳士的な態度はどこにもない。鬱屈《うっくつ》し、抑え込んできた何かを、迸《ほとばし》らせるようだった。

昨夜の弓木は、まだ途中までは理性で己の内に抱え込んだものを抑えていた。あの弓木とならば、話し合う余地はあると信じていた。

けれどこの男は、神住が知る弓木正弘ではない。まったくの別人だった。

力なく抵抗する神住の銀髪を鷲《わし》づかんで、やわらかな頰をベッドカバーにぶつけるように押さえ込む。

ギラギラと灼《や》けつく両眼が、白いおもてを睥睨《へいげい》した。

「何が嫌だ？　俺に、抱かれに来たんだろう？」

「違うっ！」

傲慢《ごうまん》な口調に、思わず叫び返していた。

圧倒的な力にも屈しようとしない澄んだグレーの瞳に、弓木はおぞましい笑みを浮かべながらも、怒りを駆り立てられたように手加減なしで細い頤《おとがい》をつかむ。食い込む指先に骨が軋《きし》みを上げる。

「くっ！」

「淫売め……男が欲しくて堪《たま》らないんだろう？　おまえは天宮義人の尻軽な男妾《おとこめかけ》だ。何人の男のモノを、ここでしゃぶったんだ？」

聞くに堪《た》えない下品な雑言を並べ立てて、神住の薄い唇を人差し指と中指で抉《こ》じ開ける。根元まで押し込まれ掻《か》きまわされる激しさに、涙が滲《にじ》んだ。

根も葉もない言いがかりだった。義人はゲイではない。どれほど乱れた格好を神住が晒《さら》していても、そんなふうに触れられたことは一度もなかった。だから、神住もまるで実の兄のように安心してその腕に身を預けてきた。

けれど、興味本位な一部の人間が、神住のことをどう言っているか知らないわけではない。決して満たされることのない体を埋めてくれるぬくもりが欲しくて、何人の男に抱かれてきたか、もうはっきりと覚えていない。忘れてしまいたいつらい恋もあったし、行きずりのように肌を合わせたこともあった。淫売呼ばわりされても、当然かもしれない。

それでも、望みもしない相手に引き倒されて犯されたことなど一度もなかったし、そんな扱いをされて悦《よろこ》ぶほど神住は歪んではいない。

いつも、たった一人を愛していたかった。そのたった一人の男を永遠に失った時に、終わりのない絶望に堕《お》ちていくしかなかった。

いくら義人が神住を大切に愛してくれても、絶え間ない飢餓に苛《さいな》まれる心も体も救われることはない。

弓木が抱えている深い闇は、形は違ってもそのまま神住の闇でもあった。その痛みを、神住が知らないはずはない。

すべてに恵まれた神住にはレイプされる痛みなどわからないと、責める弓木は間違っている。初めて出会った夜に、危険な相手だとわかっていながら弓木を拒めなかったのは、無意識に救いを求めてくる男のまなざしを無視できなかったからだ。

凍える闇から救われたいのは、神住も弓木も同じだった。ひと目相手を見た瞬間から、互いにそれに気づいたはずだ。

弓木が離れた直後に、新堂と出会ってしまったのは、どんな運命の皮肉だったのだろう。

神住は決して運命論者ではない。引き離された男を取り戻すために、ギリギリまで抗《あらが》い続けた。せめて男の傍らで共に死ぬことを願ったのに、儚《はかな》い命は神住の指先からすべり落ちていった。

た。骸《むくろ》さえ砂の中に失われ、それでも諦めることも捨て去ることもできずに、死という厳粛《げんしゅく》な現実が神住を打ちのめした。

愛しいものを奪い去った運命を、信じてはいない。しかし新堂との出会いは、目に見えない何ものかの手を感じさせるほど、再び神住を翻弄《ほんろう》した。

「俺のものになれ」

見下ろす男の虹彩《こうさい》に、焰《ほむら》のような危うい執着が宿っていた。

「嫌、です」

引き抜かれた指といっしょに、拒絶の言葉を咽《むせ》ながら返した。

「それでも、俺のものになるんだ。いま、ここでっ！」

荒々しい怒声と同時に、薄いシャツの胸元を開かれ、ズボンと下着を膝《ひざ》まで引き下ろされた。

男の凄まじい暴力に脅かされて一瞬身を竦《すく》ませ、神住はすぐに両腕でその乱暴を止めさせようと足掻《あが》いた。

下肢につかみかかり自由を奪おうとする男の絆創膏の貼られた頬を、力いっぱい平手打ちで叩く。

パン――！

思ったより大きな音が響いて、息を呑むような凶悪な形相が神住を睨《にら》む。

数倍の強さで打ち返され、上体を吹っ飛ばされて、脳震盪《のうしんとう》を起こしたようにふっと頭の芯《しん》が霞んだ。

弓木は力を失った両足からズボンが引っかかった靴を煩《わずら》わしげに床へ放り投げ、撓《たわ》んだ衣類の中から片足だけを抜き取った。膝に手をまわし、真っ白な太腿《ふともも》をあられもない形に開かせて、うつ伏せに押さえつける。

微かに喘ぎ、吐息を洩《も》らした神住がもがいたけれど、もう身動《みじろ》ぎもできなかった。

弓木は、神住のほかのところにはいっさいかまわなかった。前戯《ぜんぎ》さえ施さず、濡らす素振りさえ見せずに、抱え上げた小さな尻の肉を開かせる。

固く慎ましい窄《すぼ》まりは、弓木が淫売と罵《ののし》った男のものとはとても思えないほど淡い清楚な色をしていた。

冷やりとした空気が感じやすい粘膜を嬲《なぶ》って、華奢《きゃしゃ》な首がわずかに拒むように揺れる。

カチャカチャと鳴ったのは、たおやかな腰を抱えたまま、弓木が片手で自分のベルトをはずす音だった。ジッパーを下ろし、また短く衣擦れが聞こえるのを、神住は絶望的な思いで待った。

弓木に抗う力はすでにない。せめてひどく傷つかないように、強張ろうとする体の力を堪えるように抜いた。

レイプされるのは、死ぬほど嫌だった。弓木に言われたとおり暴力的な行為の経験はないし、力ずくで陵辱《りょうじょく》されるのは屈辱だった。何より、新堂のことを想うとつらい。

『俺の、ものです……もう、離しませんから』

そう誓ってくれた。あの時から、神住の身も心も新堂だけのものだった。ほかの男に犯されるぐらいなら、いっそここから消えてしまいたい。

緊張の頂点で、この場に不似合いな電子音を聞いてビクリと瞬《まばた》きした。後ろ向きに下半身だけ上げさせられた不自由な形で、背後に視線をめぐらせた。

弓木は片手にコンパクトなデジカメをかまえて、剝《む》き出しの丸い尻からなめらかな背中、ベッドカバーに押し付けた蒼白の横顔まで克明に撮影している。

目的は明らかだった。そんなものを公表されれば、いかに神住でも大きなスキャンダルは避けられない。

長い睫《まつげ》の下で焦燥《しょうそう》を滲ませるグレーの瞳に、満足げな男の笑みが映る。

「嵌《は》め撮りといこうか……」

ベッドのスプリングが撓み、男の体温が近づいた。

「くっ……や、ぁっ！」

嫌悪に掠れる泣き声がこぼれた。

粘膜に擦《こす》れる皮ふが、目も眩《くら》みそうに熱い。弓木はもう勃起していた。猛々《たけだけ》しい形が、濡れない肌を軋《きし》ませる。

やわらかな肉を形が変わるほど圧迫されて、じりじりと熱が交じり合っていく。時々弓木の手元で鳴る電子音が、研ぎ澄まされた神住の神経を不快に弾《はじ》いた。

先端はカリが大きく広がっていて、狭い入り口は簡単には呑み込めない。傷つけられずには済みそうにもなかった。

「ひぃっ！」

無理やり開かれる痛みに、喉《のど》が震えた。

わざと神住に恐怖と苦痛ばかりを与える犯し方をする。弓木の根深い憎悪を感じて、よけい内部は頑《かたく》なに閉ざされた。

全身を脈打つ鼓動にこめかみがずきずきと痛んで、ベッドの端から流れてくるメロディにもすぐには気づけない。

先に気づいたのは弓木のほうで、強烈な圧力が微妙にゆるんだ。

（何……？）

薄れかけていた意識が少し戻って、今度は携帯の着信音だとはっきりわかった。

無視した弓木は、無慈悲な動きを再開する。

「待って……」

とっさに、声を上げた。

「待てないな」

「義人さん、からだっ」

残酷な声色に、被《かぶ》せるように訴えた。

「だから、どうした？」

「俺が出ないと、位置を逆探知して天宮のガードが駆けつけてくる」

信じたかどうかはわからないが、弓木の体はゆっくり離れた。

音のない溜息が、血の気を失った神住の唇から洩れた。

実際、本当に義人からかもしれない。神住の携帯の番号を知っている人間は限られているし、昼間倒れたりしたばかりだからその可能性は高かった。

「でまかせじゃないだろうな」

恥ずかしい形に掲げさせたウエストをつかんだまま、低い声音が念を押す。

「違う。天宮の重役クラスは全員、本社からＧＰＳシステムを組み込まれた携帯を支給されているんだ」

そっちは事実だった。ハードウェアも天宮の関連企業で開発されたものだ。テロや誘拐など非常事態に巻き込まれた場合、本社と警察に同時に連絡がいく。警備部門の人間も即刻身柄の保護へと動きだす。

ようやく、縛《いまし》めていた男の腕から解放された。けれども張りつめきった神住の四肢はがくがくして、すぐには身動きも取れないありさまだった。

下半身を剝き出しにされた惨めな姿で、のろのろとベッドの上を這う。

携帯は、マットレスの端に引っかかった上着のポケットに入っていた。わななく指で取り出した神住の手首を、ねじ切りそうな握力が握りしめる。

険しい目つきが神住をとらえて、上着の内側から扱い慣れたバタフライナイフを出す。刃の先が、白い喉へとわずかに食い込んだ。

「よけいなことは、喋るなよ」

冷たい鋼鉄の感触を貼りつかせたまま、神住は携帯の通話ボタンを押す。

『忍さん……』

もう聞き間違えることもない新堂の声だった。一瞬、凍りつくような想いと泣きたいような気持ちが、神住を混乱させた。

「はい」

昼から無理に押し出したのは、静かに感情を押し殺した言葉だった。

「今日はご心配をおかけして申しわけありませんでした」

『忍さん……？　俺です。新堂です』

いきなり謝罪され、驚いて名乗る新堂の様子が手に取るようにわかる。

「ええ、わかりました。いま出先ですので、その件は明日出社してから会長室のほうへお伺《うかが》いします。では、義人さん、失礼します」

義人の名を呼んで、一方的に電話を切った。新堂と繋がったこの一本の頼りない糸が、まだ

る。

いきなり荒っぽい仕種が神住の手から携帯を奪い、電源を落として、部屋の隅へと投げ捨てる。

「服を着ろ。下着はいらない。シャツとズボンだけでいい……俺から逃げられるなんて思うなよ」

ナイフを向けて脅す弓木に、神住は無言で従った。

弓木に知られずに緊急信号が送信できたのは、新堂と話したほんの短い時間だった。そのあと用心深く携帯の電源を切られてしまったから、あの短時間に信号をとらえ、位置まで確認できたかどうかはわからない。

しかし、新堂には神住の身にトラブルが起きたとわかったはずだった。

運命ではない。新堂を信じている。いまだって、新堂は神住を間一髪のところで救ってくれた。もしあの電話がなければ、弓木に冷酷に犯されていただろう。

(忙しいから連絡はできないと言っていたのに……)

いつも神住のことを想ってくれている。新堂を裏切るようなことだけはしたくない。身に纏《まと》ったシャツを、しなやかな指が固く握りしめた。

☆

エレベーターで地下の駐車場へと降りた。神住の背には、上着の陰でナイフが突きつけられていた。

少しでも不審な動きをすれば、弓木は容赦《ようしゃ》なく神住を刺すだろう。神住と心中するぐらいの覚悟はできている様子だった。もちろん神住のほうは、新堂を残してこの男といっしょに死ぬのはごめんだった。

新堂と幸せになりたい。やっと見つけたたったひとつの希望を、簡単に諦めたりしない。最悪の事態になって、弓木にズタズタに引き裂かれ犯されたとしても、せめて生きて新堂の腕に戻りたい。死ぬ時は、あの腕の中で死にたかった。

弓木に腕を取って促され、立ち止まったのは、白い大型のセダンの前だった。

千葉の《わ》ナンバー——レンタカーだ。『ブルーローズ・プロダクション』の社長の能代が殺された現場の傍らには、岸本孝司が千葉で借りたレンタカーのタイヤ痕《あと》が残っていたと新堂が言っていた。そして、警察の内部事情に詳しく、常に裏をかいて行動する犯人。

パズルのパーツは、きれいに収まった。

あまり驚きはない。『G－BOX』で刑事だという弓木と再会した時からすでに、薄々この男を疑っていた。

助手席に押し込まれて、後ろ手に手錠をかけられた。弓木はここでも用心深さを発揮して、薄手のゴム手袋を使用していた。車内に指紋を残さないためだろう。

駐車場を出て、車はスムーズに走りだした。行く先は、神住にはわからない。

「『ブルーローズ・プロダクション』に、強請《ゆす》られていたんですか?」

ハンドルを握る男の横顔からは、さっきより幾分険しさが消えていた。いまなら話もできるような気がして、そう訊《たず》ねた。

「ああ……俺は岸本の客だったんだ。あいつの紹介で、ほかの三人とも寝た。強請られて、金を払ってビデオは処分したが、岸本に刑事だと気づかれた」

「何を要求されたんですか?」

振り向いた弓木が、乾いた笑みを浮かべた。背筋が寒くなるような表情だった。

「岸本は、金ではなく、俺に能代を殺してほしいと依頼した。岸本は、能代の情人だったらしい。だが浮気沙汰が重なり、金の貸し借りのトラブルもあって、邪魔になったと言っていた。俺にはどうでもいいことだったが……」

「三人の少年を殺したのは?」

「顔を知られていたからだ。岸本に言い含めて協力させた」

弓木は淡々と凶行を告白した。良心の呵責《かしゃく》に苦しんでいるような様子もなかった。

「岸本も、殺したんですか?」

そうして、すべての自分の痕跡を消そうとしたんだろう。世間にゲイだと知られたくない――それだけのために、五人の命を奪った。弓木を強請った能代や岸本も、決して責任がないわけではない。弓木をそこまで追いつめてしまったのは、多分彼らだろう。けれど、金をもらって寝ただけで殺された三人の少年たちは、やはり哀れだった。欲望を金で売り買いする夜の世界の罠に、いつの間にか堕《お》ちている。それでも二丁目に集まってくる者が絶えないのは、彼らがみんな淋しいからだ。

同じ痛みを知る者のぬくもりを求める一方で、生きていくためにはそれを隠さなければならない。

隠すために殺人を繰り返してきたこの男は、すでに正気ではない。精神のどこかが壊れてしまったのだと、神住にはわかった。

ただ、どことも知れない場所へと車を走らせる男のおもては意外なほど静かで、そのまなざしの先にあるものを想って胸が痛くなる。

初めて出会った夜、絶望の闇を見ていたのはきっと神住も同じだった。あるいは暗い憎悪に駆られて無意味な血を欲したのは、神住だったかもしれない。

「ああ」

新堂のぬくもりが恋しい。凍えそうな体を、いま抱きしめてほしい。

声にならない願いが聞こえたように、空虚な双眸《そうぼう》が神住をとらえた。

「新堂には、渡さない」

もう激昂《げっこう》も感じさせない声音に、そっと首を振った。

「俺は、克也を愛しています」

「おまえは、誰にも渡さないっ！」

ハンドルを離した片手が、神住の腕を痛いほど握りしめた。

「俺のものだ……天宮の力さえあれば、俺を馬鹿にするキャリア連中を見返してやれる。ゲイだからと、自分の性癖に怯《おび》え続けることもない。おまえを利用して、俺は本庁で成り上がってやる」

叫ぶ男の双眸に、また危険な焔《ほむら》が揺らぐ。挫折を知らない神住を憎むのは、あるいは本庁に君臨するエリートたちへの敵愾心《てきがいしん》や嫉妬《しっと》だったのか。

確かに、望みどおりに生きてきた神住には、この男の虐《しいた》げられてきた胸の内を知るすべはない。けれども、そのために犠牲にしてきたものの重みは、弓木と神住とどちらが大きいかはわからない。ゲイであることを公表して生きていくにも、それなりの痛みは伴った。

「あなたに協力はできません」

頑《かたく》なに拒む神住に、弓木はポケットから出したデジカメをちらつかせた。顔も体も撮られている。まして、真っ白な神住の容姿は特徴がありすぎる。男に犯される姿を、たとえばインターネットででも流されたら——また、義人に迷惑をかけることになる。

「言うことをきかせる方法はある」

「そんなものっ！」

卑劣《ひれつ》な脅迫に、神住は憤りをあらわにした。その反応は、かえって男の不敵な笑みに自信を持たせることになった。

「公表したければすればいい」

「いいのか？　新堂は、あんたが誰にでも尻を振るやつだと思うかもしれないぞ」

「克也は、そんなものに惑わされたりしない」

わざと新堂の名前を出して、神住の弱みを衝こうとする。弓木のやり方は、狡猾《こうかつ》で残酷だった。

力ずくで体を開かされたのだ。その神住をいたわりこそすれ、責めるような新堂ではない。あくまで新堂を疑わないまっすぐな瞳の前で、端整な容貌が凝り固まった憎しみや恨みに醜悪な変貌《へんぼう》を遂げていく。

「何が真実かは、新堂にもすぐにわかるさ。俺でなければ満足できなくなるまで、おまえの体をたっぷり仕込んでやる。じきに自分から咥《くわ》えて、腰を揺らして俺をねだるようになる」

弓木のおぞましい企みを知って、背中をゾッと冷たいものが走った。妖しい炎を宿した男の目に、餓えた欲望が蠢《うごめ》いていた。

「苦痛を知らない体は、苦痛に弱い。痛めつけながら調教すれば、逆に被虐の快楽に酔うようになる。おまえの体には、その素質が十分ある。さっきだって、嫌がりながら濡らしていただろう？」

神住を嬲《なぶ》るための挑発だとわかっていても、羞恥と屈辱に血の気が引いた。貪欲《どんよく》な飢餓が自分の中にあるのを、一番よく知っているのは神住自身だ。新堂のかざす光に焦がれるのも、弓木の誘う闇に引きずられるのも、逃れられない業《ごう》だった。だからこそ、初めて出会った時から弓木が怖かった。

この男の腕に捕まれば、破滅しかない。待っているのは地獄だった。共に堕ちろと嗤《わら》う男の闇色の双眸《そうぼう》を、神住は見つめ返すことができずにおもてをそむけた。

☆

意外にも、弓木はすぐに新宿を離れなかった。車を停めたのは、入り組んだ路地の奥にある小さな雑居ビルの地下駐車場だった。

廃車になりそうな古い外車が二台置かれているだけで、人影もない。非常灯の緑の明かりのひとつは切れかけて明滅していて、内部はひどく暗かった。

間近から覗《のぞ》き込んできた弓木に、神住はビクリと細い肩を揺らした。半分影に沈んだ男の口元が微《かす》かに笑うように歪む。

「少々細工をするから、大人しく待っていてもらおう……といっても退屈だろうからな」

くっくっ……と嫌な声が洩《も》れてくる。とっさに、窓のほうへ逃げかけた神住の腰をグイと引いた腕が抱え上げた。

「やっ……なにを？」

ジッパーを下ろされて、剥《む》かれた尻を突き出すように固定される。

「言っただろ。おまえを調教してやると」

言葉と同時にぬめりをおびた指が、窄《すぼ》まった襞《ひだ》を抉《こ》じ開けた。

「ひっ……ぁっ！」

何かを塗り込めるような動きに、必死に身を捩《よじ》ったけれどかえって奥のほうを乱暴に掻《か》きまわされた。

「いや、だ……」

「性質の悪いクスリじゃない。ちょっと熱くて気持ちよくなるだけだ……怖がるな」

囁《ささや》く吐息が、冷えた神住の頬《ほお》にかかった。なだめるように口づけされて、よけい竦《すく》み上がって硬い指を締めつけてしまう。

嗄《か》れた笑い声が、うれしそうに耳朶を噛んだ。

「ほんとに、こういうの好きみたいだな。いくら甘やかされてても、このぐらいの経験はあるんだろう？」

足元で低い羽音が響いた。それがモーターの音だと気づいたのは、体の中に丸い塊を押し込まれた瞬間だった。

「やめっ！　……いや……いや、だっ！」

抗《あらが》う神住を歯牙《しが》にもかけず、手際よくラバーバンドで入り口を塞《ふさ》ぎ、ズボンを戻してシートに下ろす。内側から粘膜を擦《こす》る振動に、ひくんひくんと下肢が躍った。

弓木に言われたとおり、軽い媚薬入りのローションや玩具を使ったプレイの経験はあったが、ほんの遊び程度だし、神住はあまり好きになれなかった。人肌のぬくもりを持たない器具は、快感は引き出しても本当の満足は与えてくれない。感じさせられるほど、虚しさが募った。それに、こんなふうに拷問めいた使い方をされたことはない。

「強情を張れるのは、いまのうちだぞ。クスリが溶けてきたら、うれしくてヒーヒー啼くことになる。ここは空きビルだが、表は人が通るんだ。あんまりよがりすぎると、見物人が来るかもしれないぞ」

言下に大声を出すなと脅されて、濡れた瞳で男を睨《にら》んだ。弓木はもう神住にかまわずに、背中を向けて車を降りていく。

工具箱を持ち出すのが見えた。長身の動きを目で追って、どうやらナンバープレートを交換しているらしいとわかった。

そうするうちにも、むず痒い内部をローターに刺激されて、うずうずと腰がうねり始める。

あさましい自分の姿にカーッと全身が熱を上げた。それでももっと強く抉《えぐ》ってほしくて、きゅうきゅう呑み込むように中が顫動《せんどう》する。

「……っ……くっ……」

細い息を吐くとこぼれだしたせつない音色は、次第に甘いトーンを上げていく。

「うぅっ……あっ……ぁ——っ！」

後ろを弄られれば、否応なく前も反応する。そういうふうに慣らされている体は、たやすく忌まわしい快楽の極みまで昇りつめようとする。神住は、ズボン一枚しか履かされていない。

その中で漏らしてしまうのは嫌だった。

ふいにドアが開いて、弓木の顔が覗いた。

「あっ……や、っ」

上擦って震える声を止められなかった。

「お願い……イくっ」

「イけよ。遠慮なく……」

冷ややかに答えて、揶揄《やゆ》するように見つめる。

「中で何度でも垂れ流して、自分が玩具《おもちゃ》に悦《よ》がり狂うような淫乱だと思い知れ。あとで、そのいやらしい顔と濡れ濡れになったあそこを写真に撮ってやるよ」

恐ろしいことを言い残して作業に戻ってしまう。絶望も嫌悪も、奥処の疼《うず》きを止めることはできなかった。

「くぅっ、ふっ！」

短い喘《あえ》ぎを放ってイった。温かいものが伝い落ちて、内腿《うちもも》からズボンの中を湿らせる。いつしか意識まで朦朧《もうろう》と蕩《とろ》けて、だらしない下半身がシートへ摺《す》りつけるように動いてもそれを恥じることさえできずに、立て続けに絶頂を極めた。

グイと膝《ひざ》を持ち上げられた時、神住は知らずに卑猥《ひわい》な仕種で腰を突き上げた。

「何度お漏らししたんだ？　びしょびしょじゃないか」

からかう言葉といっしょに煌《かが》いたフラッシュの眩《まぶ》しさに、わずかに頭の隅が覚醒する。

「ん――んっ……」

唇を洩《も》れたのは、淫《みだ》らな甘え声だった。その響きに自身でビクリとして、涙の雫を溜めた睫《まつげ》を瞬《まばた》きする。

開かれている足の間が冷たい。知らない間にズボンを脱がされていたのだとわかった時、再び閃光《せんこう》が闇を照らした。

「っ……やぁ……」

写真を撮られていることをようやく自覚して、拒むように引き攣《つ》らせた内腿の奥では、まだ妖《あや》しい羽音が聞こえている。痺《しび》れたように足は自由が利かず、恥ずかしい尻ばかりが奔放《ほんぽう》に揺れた。

「『中を弄って』とお願いしてみろ」

耳元に唇を寄せて、低音で唆《そそのか》す。

「い、やっ……」

まだほとんど言われた意味も理解できないまま拒否した。

「『中を弄って』、だ」

「やっ……あっ、うん」

耳朶をきつく噛まれて身動《みじろ》ぎすると、シートの上にぱたぱたと欲情の名残が滴《したた》った。その瞬間を、残酷にフラッシュがとらえる。

「嫌なら仕方ないな。もうしばらくそのままでいろ。ちゃんとおねだりができるようになったら、玩具の代わりにもっといいものを挿れてやる」

すげなく言い捨てて、冷えたズボンを履かされた。気持ち悪さにもぞもぞとシートの上で身を捩って、また少し頭の芯《しん》がはっきりする。

男の要求を反芻《はんすう》してから、わななく唇を噛みしめた。「調教してやる」と言った宣言どおりに、弓木は神住から羞恥も矜持《きょうじ》も奪おうとする。

（堕《お》とされる――）

神住のようなタイプが何に弱いか、弓木は知り尽くしていた。堕ちてしまえば、二度と新堂の腕に帰れなくなりそうな気がして、神住は火照った頬をシートに強く押しつけた。

☆

南へと向かっていることはわかっても、弓木の目的までは読めなかった。わざと込み入った路地ばかりを走っているようで、夜の闇も手伝って、その方向感覚さえも次第に怪《あや》しくなってくる。もっとつらいのは、体の中を揺すり続ける振動だった。

何度か出してほしいと哀願したけれど、弓木は頑として聞き入れなかった。何を待っているかは、もう知っている。神住があさましい欲情に陥落して、弓木が教えたとおりの言葉を使うまで、この責め苦を終わらせないつもりだろう。

再び意識がおかしくなり始めたのが、体内に残っているクスリのせいか、それとも自分自身の餓えからくるものなのかも、すでに判然としなかった。

「く……ふっ……」

甘い媚《こび》さえ含んだ嗚咽《おえつ》が、ひっきりなしに喉《のど》をこぼれる。冷酷な男の横顔は、決して神住を振り返らない。

「お願い、だから……『中を弄って』」

潤《うる》みきった囁《ささや》きに、ゆっくりと激しい執着をひそめた双眸《そうぼう》が神住を見た。

「『中を弄ってください』——だ」

『中を弄ってください』」

抵抗を失ったように、どこかたどたどしく同じセリフを繰り返す。

「わかった。出してやるから、もう少し待て……」

素っ気ない弓木の返事に、白いおもてが泣きながら首を振る。

「いやぁ……も、出して」

張りつめていた何かがふっつり切れたように、身も世もない声音で啜《すす》り泣く神住に、弓木は密かな溜息を吐いた。

「つらいのか？」

こくこくと銀色の光を弾《はじ》く髪が揺れる。

何かの倉庫らしいシャッターの前で、車を停めた。闇が深い路地に、人通りはない。

大柄なシルエットが神住に覆い被《かぶ》さり、幾分乱暴にズボンを下ろされた。濡れそぼったラバーバンドがはずされると、羽音が高くなる。

「ぁ、っ……あ、んっ――」

奥をまさぐられて、か細く啼《な》いた。振動するままの玩具《おもちゃ》が、ズルズル引きずり出されていく。シートに抜け落ちたのがわかっても、すぐにはその感覚は消えなかった。

「はぁ……ぁ、っ」

せつなげな吐息ばかり洩《も》れる。

「抜かれると、淋しいんじゃないのか？」

漆黒《しっこく》に滲《にじ》んだ男の影が、それを揶揄《やゆ》する。

「ん、ふっ……あっ……」

ねだるみたいに熱い息を啜《すす》った。

「触、って……中、弄ってください……」

堕《お》ちたことを証明するように、艶めいた声で自分から男を求めてくる。

「俺が、欲しいか？」

傲慢《ごうまん》に訊《き》く男に、うなずいた頬《ほお》を透明な涙が伝った。

「欲しい……」

陶然《とうぜん》と呟《つぶや》く薄紅を、笑みの形に歪んだ唇が塞《ふさ》ぐ。舌を這わせ、歯列を割って深く忍び入り、とろとろとした粘膜をじっくりと舐める。

高まっていく鼓動を確かめるように触れた指が、胸の小さな突起を摘《つま》んでやわらかく揉《も》んだ。

「……っ」

男の口腔へ淫《みだ》らな悲鳴を放って、細い腰がもの欲しげに撓《しな》る。

「ここか？」

「ひっ……あぁ、ん――」

爛《ただ》れきった綻《ほころ》びを意地悪く指先で広げられると、入り口の襞《ひだ》が呑み込むように大きくうねった。

「少しも我慢できないのか？　とんでもない淫乱《いんらん》だな」

残酷な嘲笑《ちょうしょう》が、なめらかな頬をすべりうなじを噛んだ。奥まで指を捻《ね》じ込まれると、うれしそうに締めつけて高く掠《かす》れた嬌声《きょうせい》を上げる。

「大声を出すなよ」

鋭くそれを叱ったものの、弓木はしっとりと絡みつく中を掻《か》き乱す動きを止める様子もない。ぐちゃぐちゃと生々しい水音に速い呼吸と狂おしい啼《な》き声が混じり合う。

突然、強烈な光が車のフロントガラスを照らした。

「おい。そこで何をしている？」

咎《とが》める響きは、思ったよりも近くから聞こえてきた。

瞬時に、弓木が体をシートに戻し、イグニッションキーをまわしてエンジンをかける。

懐中電灯の光の向こうには、警邏《けいら》中らしい制服警官の姿があった。

アクセルを踏み込む前に、助手席のドアが開き、手錠をかけられたまま後ろ手にロックをはずした神住の華奢《きゃしゃ》な肢体《したい》が、背中から路上へ落ちようとする。とっさに腕を伸ばした弓木が、たおやかな剥《む》き出しの腰を車内へと引き戻した。

「きさまっ！」

罵声と共に、容赦なく頬を打たれた。勢いよくシートに背中をぶつけた神住の口元から、錆びた味の血が流れ落ちる。

甘えた仕種で男を欲しがりながら、神住が車から逃げだす隙《すき》を窺《うかが》っていたのは明らかだった。決して男の手管に、心まで堕とされたわけではなかった。だまされた怒りに顔面をどす黒く染めた弓木は、今度こそいっぱいにアクセルを踏む。

軋《きし》みを上げたタイヤが、雨の痕《あと》の残る路上へ走りだす。

「おいっ！」

正面から駆け寄ってくる警官を、明るいヘッドライトの光が射た。猛然と突っ込んでくる車から、警官がなんとかシャッターに飛びつくように身をかわしたことに、神住はホッとした。

「売女《ばいた》めっ！　二度と俺に逆らえないように、死ぬほど犯してやる……」

陰湿な男の呪詛《じゅそ》に、ブルッと肩を震わせた。

逃れることはできなかった。けれど、あの警官には囚《とら》われている神住の姿が見えたかもしれない。一縷《いちる》の望みを託すしかない。

(克也……)

胸の中で、愛しい名前を呼び続けた。弓木の暗い誘惑に堕ちていくギリギリのところで、神住を引き止めてくれたのは、真摯《しんし》に好きだと告げてくれた新堂の言葉と包み込まれた腕のぬくもりだった。

スピードを上げた車窓を、ネオンの滲《にじ》む夜の街が凄まじい速さで流れていく。弓木はもう、神住を気に留めてはいなかった。しかし、いまは外へ飛びだすことも叶わず、ただ息を止めてのろのろと過ぎていく時間を待つ。

交差点を、数台のパトカーが塞《ふさ》いでいた。

「検問か……」

怨嗟《えんさ》を呑んだ弓木の口調で、男がすでに追いつめられていることがわかった。急ブレーキをかけ、シフトとハンドルを慌ただしく操作する。車はスピンするように向きを変えて、かろうじて通れそうな狭い横道へと疾駆《しっく》した。

赤信号を無視して、大通りを横断する。サイレンを鳴らすパトカーが、一台追ってくる。それよりも早く、弓木はまた車の向きを変えた。歩道の脇にあったコンビニの看板が、リアに吹っ飛ばされてガラスを割って店内に飛び込み、派手な破壊音を上げる。わずかに手元を狂わせたまま、白いセダンは側面をビルの外壁に擦《こす》りつけるように別の路地へ突っ込んだ。

ゴミを入れた大型のポリバケツを跳ね上げ、踏みしだいて走り続ける。歩道に乗り上げながら角を曲がった先にも、赤い回転灯が並んでいた。

「ちくしょう！」

叫んだ弓木は、ギアをバックに入れたまま逆走する。道路標識を掠めて、ドアミラーが折れて飛んだ。

「ひっ！」

ビシリと窓にぶつかって、ガラスに蜘蛛《くも》の巣状のひび割れが走る。神住は身を竦めて、拘束された不自由な手でシートを握りしめた。激しい衝撃がきて、フロントガラスに体ごと持っていかれるところをかろうじて防いだのは、大きく開いたエアバッグだった。

ぶつかって、急激に意識が遠ざかる。白濁《はくだく》し閉ざされかけた視界に、一瞬神住を心配そうに見つめる弓木が映ったような気がした。

「忍さんっ！」

恋しい声に呼ばれてもう一度目を開けた先に、白くひび割れたガラスにしがみつく新堂の怒ったような泣き出しそうな顔が見えて、神住の記憶はそれから先がない。

☆

長く鬱陶《うっとう》しかった梅雨の終わりを告げるような明るい光が、広い窓から降り注いでいた。淡いクリーム色の壁と清潔で暖かな木の色をした廊下に、静かに佇《たたず》んでいるスーツ姿の長身の男を目に留めて、足早に歩いてきた新堂は少し手前で立ち止まった。

J医科大学付属病院の特別棟は、専属の医者の腕も超一流だが、患者の身分も超一流だと噂も高い。混雑した外来とは別世界のような静けさとふんだんにグリーンを取り入れたゆったりとした空間に、ほかに心配事があってもつい気後れしそうになる。

ましていて、目の前の男の顔はしょっちゅう経済誌やニュースで見慣れていても、穏やかに微笑まれただけで緊張に足が竦《すく》んだ。

『忍さんを助けるために協力してください』

神住の職場に電話をかけたとき、すぐに応えてくれたのはこの男の落ち着いた声音だった。

義人はほんの短時間の正確な判断で、GPSシステムを使って神住が拉致《らち》されていたホテルの場所を割り出し、駐車場を出た白いレンタカーの行方を捜すために、天宮の総力を挙げて警察をバックアップしてくれた。

弓木が巧みに、途中でナンバープレートを付け換えていたのは計算外だったけれど。

「電話では話したが、実際に会うのは初めてだな。新宿署の新堂克也刑事」

おっとりとした話し方は、大企業の切れ者経営者というよりは、古い名家の主と言ったほうがふさわしい。どこか、神住とも共通する育ちのよさを感じさせる。

実際、由緒ある公家の血を引き古くは皇室とも姻戚《いんせき》関係にあるような家柄で、財界のプリンスと呼ばれる義人は、ヨーロッパの社交界でも一目置かれている。

声をかけられた新堂のほうは、すっかり恐縮して深く頭を下げた。

「先日は、犯人逮捕に多大なご協力をいただき、ありがとうございました」

くっくっ……と、悪戯《いたずら》っぽい含み笑いが新堂の頭上で聞こえた。

「わざわざこんなところへ、わたしに礼を言いに来たわけじゃないだろう……忍くんの容態だがね、使われたクスリは、それほど心配するようなものではなかったらしい。習慣性もない。いろいろつらい目には遭ったらしいが、体に大きな傷もない。ただ、精神的にとても不安定でね」

深刻そうに幾分声を落として告げられた言葉に、新堂は取り繕《つくろ》うこともできずに蒼白になって義人を見つめた。

「君に早く会いたくて堪《たま》らないらしい……」

ぽかんと口を開けた新堂の顔に、人の悪い義人はまた笑い声を上げる。

「早く、行ってやりなさい。わたしがここで君を引き留めたなんて知ったら、忍くんに恨まれるからな」

楽しそうに笑い続ける義人に促されて、新堂は困惑しつつも逸《はや》る気持ちを抑えきれずに廊下の奥のドアに向かった。

「ああ、新堂くん」

神住に愛されている広く逞《たくま》しい背中を、信頼に満ちたまなざしが呼び止めた。

「忍くんには、十八年前にも君と同じように愛した恋人がいた。だが、忍くんの才能を奪われることを恐れた我々は、彼を忍くんから引き離して、テロリストの汚名を着せて射殺した。あれ以来、忍くんの心は閉ざされたままだ。できれば、君が側にいてやってくれないか。そして、二度とこんな馬鹿げた真似をしないように、しっかりつかまえておいてくれ」

義人が告白した神住の過去は、新堂を驚かせるものだった。淡々と語られた内容には、恐ろしい陰謀《いんぼう》が秘められていたことが薄々は理解できた。義人が我々と言った内には、天宮グループだけではなく、おそらく神住が第二の故郷と呼ぶ国家が関わっていたのだろう。

神住の過去には、まだ多くの謎が隠されている。それでも、あの淋しがりの魂の側にいたいと願った。

「はい」

義人にはっきりとうなずき、一礼して、新堂は病室のドアをノックした。

その後ろ姿を見送った義人は、若い刑事が思っていた以上に聡明で何より神住を大切に愛していることに満足して、ひっそりと口元を綻《ほころ》ばせた。

廊下よりもいっそうあふれるような陽光が、部屋の中に満ちている。内装は、一流ホテルのスィートルームを思わせる重厚さで、テーブルや凝った形の出窓には大ぶりのクリスタルの花瓶いっぱいに可愛らしいパステルカラーの生花が飾られていた。

白いベッドの上に半身を起こしていた水色のパジャマ姿の麗人は、ドアを入ってきた新堂を見つけたとたん床に飛び降りて、驚いて差しのべられた腕の中へしがみついた。

「克也っ……克也……」

スーツの胸元に細い肩を押しつけるようにして身を揉《も》み、名前を呼び続ける神住に、「精神的に不安定だ」と義人が苦笑したのも本当らしいと溜息がこぼれる。

「忍さん……忍さん、落ち着いて――」

小さな背中を包むように抱いて、ぽんぽんとやさしく叩いてなだめてやる。

そうでなくても、鼻腔をくすぐる神住のほのかに甘い匂いと薄いパジャマ越しに感じる肌の手触りに、ここまでずっと抑えていたものを挑発されそうで堪《たま》らない。弓木に神住を奪い去られてからの新堂の胸中は、刑事という立場を別にしても、決して穏やかなものではなかった。

いかがわしい媚薬を使われ、その体を陵辱《りょうじょく》されたと知ればなおさら、怒りのやり場のない嫉《しっ》妬《と》に灼《や》かれた。弓木がデジカメに納めたおぞましい写真の数々は、気を利かした上司によって、秘密裏に義人の手元に届けられたらしい。中身を知らずにそれを目にしてしまった時は、自らの手で弓木を絞め殺したいほど憎悪した。身も心も繊細な神住が、理不尽な暴力にどれだけ苦しんだかを思えば、胸が締めつけられる。

「もう、会えないかもしれないと思って……不安だったんです」

訴える神住の少し痩せたように感じる体へまわした手に、固く力を込める。

「側にいると言ったでしょう？　俺は、忍さんを離しませんから」

神住が不安になるのは、今回の事件のせいばかりではなく、義人から聞かされた恋人と引き裂かれた過去も影響があるのだろう。体を重ねて相手の情熱を確かめたがるのも、神住は恥ずかしがるけれど、ただ情欲ばかりではないのだと思う。

無垢な子供のように一途に愛されたくて、でも愛する人を失うことに怯《おび》えている。神住の傷は、表面に見えているよりもおそらくもっと根深い。どこへも行かないと、ずっと側にいて愛していると神住に納得させるには、きっとそれを実行してみせるしかない。一生、側にいる。そして、神住を幸せにしたい。

パジャマ一枚の神住を気遣って、そっと抱き上げてベッドに運んだ。離れようとしないしなやかな腕が、新堂の首を巻いて吐息を重ね合わせる。遠慮がちに忍ばせる甘やかな舌を吸ってやり、密かな啼《な》き声まで強く呑み込んだ。

「し、たい……だめ、ですか？」

目元を淡く染めてせがむ神住を、冷たく突き放すことはできなかった。

「ここで？　廊下に、天宮会長がいらっしゃいましたよ」

「義人さんは、午後から会議で本社へ帰るから」

潤《うる》みかけたグレーの瞳は、昂《たかぶ》っていく感情を隠せない。きれいなその色をもっと見たくなって、新堂は耳朶へ唇を動かした。

「ドアに鍵をかけてきますから……」

そう言って、いったん体を離す。

念のため覗《のぞ》いたドアの外には、神住が言ったとおり義人の姿はもうなかった。新堂には、神住のために気を利かしてくれたようにも思えて、義人の神住への愛情の深さと大きさにわずかに羨望を感じた。神住から恋人を奪ったとき、義人も自分を責めただろう。本意ではなかったのだということは、新堂にでもわかった。そうでなければ、いまでも神住がこれほど懐いているはずがない。

ベッドの傍らに戻って、上着を脱いだ。さっきまで義人が座っていたのだろう、ゆったりとした椅子の背にかけて、ネクタイを解く。

眩《まぶ》しそうにそれを見ながら、華奢《きゃしゃ》な指がパジャマのボタンをはずす。シャツを脱ぎ捨てて、水色のパジャマの間に覗くなめらかな胸に重なった。

「忍さん、体は?」

安心させるように抱きしめてから訊《たず》ねた。

「平気です」

微笑んで答える耳元へ、息を絡める。

「中は?」

義人は「大きな傷はない」と言ったけれど、暴行を受けた体に負担をかけるような真似はしたくない。

「写真……克也も、見たんですか?」

気丈に問いかけても、語尾が震えていた。新堂は、掌のぬくもりを伝えるようにゆっくりと背筋を撫《な》でた。

「見ました。でも、忍さんの名誉は守ります。知っているのは、俺と課長と天宮会長だけですから」

「ありがとうございます」

溜息のような囁《ささや》きといっしょに、口づけが新堂の肩を啄《ついば》んだ。

「でも、弓木さんとはしていません。クスリを塗られて、ローターは挿《い》れられたけど……誓って、それだけです」

「信じます」

真剣にうなずいて、軽く開かれた薄紅をすくうように再びキスを求めた。濡れた音を立てて吸い合い、速まっていく呼吸を感じ取る。

「忍さん……どうしてホテルへ行ったんですか？　弓木さんが事件の犯人だと、わかっていたんでしょう？」

慎重な神住らしくもない行動だった。それが、いまも新堂の心に引っかかっていた。義人が「馬鹿げた真似」だと言ったとおり、神住にその危険がわからなかったとは思えない。

新堂が、弓木に呼び出されてホテルにいた神住の携帯に電話する数時間前に、「岸本が刑事といっしょにいるのを二丁目で見た」という情報が入った。情報をくれたのは、能代たちが盗撮ビデオを撮っていたホテルのアルバイトで、話を確認すると、二カ月ほど前に二丁目で岸本といっしょに歩いていた男が、聞き込みに来た刑事とよく似ているということだった。アルバイトに刑事の人相を確かめたところ弓木のことだとわかり、調べてみると事件当時の弓木のアリバイもあやふやな部分が多かった。官舎にも署内にも弓木の姿はなく、電話をした時の神住のおかしな返事が、すぐに弓木と結びついた。

最初の夜、神住に近づいた怪《あや》しい男を、弓木と知らずに真っ先に疑ったのは新堂だ。その直感は、最悪の形で当たってしまった。そして、新堂よりもさらに鋭い神住が、殺人現場で弓木の後ろ姿まで見ていながら、その事実に長く気づかなかったはずはないと思う。

まっすぐに見つめる新堂のまなざしの先で、困ったように長い睫《まつげ》が揺らいだ。

「ごめんなさい……弓木さんを、逃がしたいと思ったんです。できれば、警察の手も及ばない場所へ」

思いがけない返事に声もなくして、新堂は疑うように淡い煙水晶を睨《にら》んだ。

「どうして？　あなたを脅して、暴力を振るおうとした相手ですよ」

つい責めるような口調になっていた。実際、神住が手を貸し、弓木がその気になれば、海外にでも逃亡できたかもしれない。でもそれは、新堂ばかりでなく警察や社会への手酷《てひど》い裏切りでもある。

グレーの虹彩《こうさい》に、別の男の瞳を覆っていた闇が影を落とした。

弓木に新堂との関係を知られて脅されたとは言えなかった。それに、神住を動かしたのは脅迫だけではない。

「弓木さんが、どうなるかわかりますか？　犯した罪は、当然贖《あがな》うべきだと思います。でも、それだけではなく、ゲイだということを暴かれ、そのことでも世間の非難を浴び、罵倒されるんです。どんなに身勝手でも……俺は、それを克也に見せたくなかった」

「あ……」

息を呑んだ新堂にも、神住の言いたいことがやっと理解できた。

「俺がこの手を伸ばせば、克也にも同じ思いをさせるかもしれない。偏見や蔑視《べっし》は常につきまとうでしょう。まして、克也は刑事だから」

透きとおる雫を含んだまま、それでも神住は涙を流さなかった。新堂を見つめ、せつないような笑みさえ浮かべてみせる。

「けれど、どんなに苦しめることになっても、俺はもう克也を離せないから……許してください」

広い背中を引き寄せるやわらかな力に身を任せて、新堂は抱きしめた体ごとベッドに沈み込んだ。仰《の》け反らせたうなじを唇でたどり、わななく肌に花びらの形をした痕《あと》を刻み込む。

まだ怯えているおもてへと、輝く陽光を背にして微笑んだ。

「俺は、大丈夫です。どれだけ追いつめられても、大切なものを見失ったりしない。負い目なんか感じません。忍さんを愛したことは、俺の誇りです」

同じ言葉を、神住はどこかで聞いたと思い、それがかつて愛した男との別れだったのだと気づいた。

差し入れ持って来たわよ〜〜〜
ペコ
悠《はるか》!!
退屈してると思ってさ
酒!!
気晴らしにぱーーっと飲みましょう♡
男殺し
美青年
わぁ♥
どん!!
飲《の》んで飲《の》まれて
竹中《たけなか》せい
……
てか…病院でこんなことしていいのか…
カンパーイ
カンパーイ
まあ忍さんが楽しそうだから良いか……
か♡
つ♡
や♡
ドッキン
ぴとっ

ドキドキ
克也ぁ ネクタイ 貸して
いいですけど…
頭にでも まくんですか?
手
バン ザイ
ハイ
ぎゅむ
!?
何!!?
完成!
しっ
忍《しのぶ》さん…?
克也♡
今から たっぷり可愛がって あげるからね♡
酔っぱらい
キラン
ぬぎ ぬぎ
忍 キャー ステキ
犯《や》られる!!!
ぎゃあああぁ
お見舞いは また後日に しましょうか…
新堂《しんどう》君よ 永遠に…
おわり

あとがき

初めまして、水月真兎《みづきまと》と申します。『危険《きけん》の報酬《ほうしゅう》』をお手に取っていただき、ありがとうございます。ラヴァーズ文庫さんでは初のお仕事になります。そして初文庫です。どんな方が読んでくださるのかなあと、ちょっとドキドキしております。

今回の主人公は、おじさん（笑）と青年です。経験豊富なおじさんに翻弄《ほんろう》される純情青年、のつもりだったんですが、なぜか微妙に違う方向へ……。どうもわたしは、頭いいくせに、肝心なところがボケたキャラクターが好きみたいです。神住の真っ白な容姿というのも気に入っていて、いろんなシーンを想像しながら書いていて、とっても楽しかったです。しかも、外見に恥じない凄まじいまでの乙女っぷりで、真夜中に何度「うぎゃ～！」と身悶《みもだ》えたことか。はい、慣れてくるとかなりのカ・イ・カ・ンでした。

もともとゲイのキャラクターというのを書くのも、初めてだったかもしれません。本当は、神住みたいなタイプは、二丁目じゃモテないんでしょうが。これは、フィクションの世界ということでお許しください。下調べにこっそり覗《のぞ》いたサイトさんで、くま系とか、オケ専とか、SGとか、煌々《こうこう》しい専門用語を目にしてきて、「うひゃ～！」と真夜中に身悶えるのも、けっこう楽しかったです。って、悶えてばっかりですね。何してるんだか。

イラストレーターの竹中《たけなか》先生とも、初めてご一緒させていただきました。クールでかっこいいラフの数々に、とっても幸せで。今回は特に、弓木《ゆぎ》さんがお気に入りだったので、陰のある悪い男にくらくらしておりました。

担当のT井さんには、お声をかけていただいてから、本編を脱稿するまで、一方ならぬご指導とご配慮をいただきました。本当にありがとうございます。「できない。できないー」とぐるぐるしてばかりのわたしに、的確な助言をいただきまして、まだまだ力足らずな部分もありますが、ようやくなんとか書き上げることができました。T井さんのお話を聞いて、いろいろお仕事に対する考え方や、取り組み方も変わってきた気がします。わたしにとって、大変貴重な出会いだったと思います。ありがとうございます。

私事ですが、昨年は体調を崩したり思うように仕事に集中できない場面も多かったので、今年は体も万全にして、比較的ゆっくり一本一本の作品たちを大切に書いていこうと思っています。さて、紙面も尽きてきました。偶然の事件から出会った二人が、ぎこちなく寄り添っていって、この後は望んだ幸せを手に入れてくれることを祈りつつ、筆を置きたいと思います。ご精読をありがとうございました。またどこかでお会いできますように。

二〇〇四年　弥生　水月真兎@新月の夜

Lovers Label

# 危険の報酬

ラヴァーズ文庫をお買い上げいただきありがとうございます。
この作品を読んでのご意見・ご感想をお聞かせください。
あて先は下記の通りです。

〒102−0072
東京都千代田区飯田橋2-7-3
(株)竹書房　第五編集部
水月真兎先生係／竹中せい先生係

2004年6月1日
初版第1刷発行

●著　者
水月真兎 ©MATO MIDUKI
●イラスト
竹中せい ©SEI TAKENAKA

●発行者　牧村康正
●発行所　株式会社　竹書房
〒102−0072
東京都千代田区飯田橋2-7-3
電話　03(3264)1576(代)
振替　00170-2-179210
●ホームページ
http://www.takeshobo.co.jp

●印刷所
図書印刷株式会社



ISBN 4-8124-1622-1 C0193